是它，让平淡的生活多了一种味道

美国的一家咨询机构曾经做过一次别出心裁的调查："你身边什么样的人最受欢迎？"本以为对于这个问题的回答定会丰富多彩、千奇百怪，统计结果却出现了惊人的一致性：懂得幽默、富有幽默感的人是最受欢迎的。人们都喜欢与幽默的人一起工作、共同生活，幽默成了智慧、魅力、风度、修养等高贵品质的代名词。

对于幽默的内涵，一位博友曾有过非常精辟的描述：所谓幽默是智者在洞悉人情冷暖之后，传达出的一种认识独特、角度别致、形式上喜闻乐见的信息，从而引起众人会心一笑的过程。可见，幽默是一种乐观的人生态度、机智的思维方式、轻松的心态和宽容的胸怀。

一位外国作家曾经提及这样一个故事:如果人群中有一个危险分子,而你不知道他是谁,那么请你讲一个笑话,有正常反应及有幽默感的人大体是好人。可见幽默已经成为衡量人生的重要标准。只有欣赏幽默的人,才能细细品味多彩的生活,悉心感受美丽的人生。

幽默的力量还可以化解生活中的尴尬场面,使人轻松摆脱不快的情绪,更好地树立形象,增加人格魅力和亲和力。一次,美国总统林肯与一位朋友边走边交谈,当他们走至回廊时,一队等候总统检阅的士兵齐声欢呼起来,但那位朋友并没有及时离开,军官不得不走上前来提醒,这位朋友因为自己的失礼涨红了脸,但林肯立即微笑着对他的朋友说:"先生,你要知道也许他们还分辨不清谁是总统呢!"总统这样一句简单的话语,就完全消除了朋友的不安,很快缓和了当时的氛围。

幽默虽不能决定人们的衣食住行,但已经成为生活中必要的调味品和润滑剂。它可以使人们和周围的环境更融洽,让人们始终保持轻松愉快的心情,让平凡的生活充满欢笑。

职场笑话

Great Success in Little Jokes

小笑话大成功

《故事会》编辑部 编

上海文艺出版社 上海故事会文化传媒有限公司

图书在版编目（CIP）数据

小笑话 大成功 ：职场笑话 /《故事会》编辑部编
. -- 上海 ：上海文艺出版社，2022
ISBN 978-7-5321-8486-6

Ⅰ. ①小… Ⅱ. ①故… Ⅲ. ①笑话－作品集－世界
Ⅳ. ①I17

中国版本图书馆CIP数据核字（2022）第168933号

小笑话 大成功：职场笑话

著　　者：《故事会》编辑部编
主　　编：夏一鸣
副 主 编：高　健
编辑成员：蔡美凤 胡捷 吴艳 杨怡君

责任编辑：杨怡君
装帧设计：周艳梅
图文制作：费红莲
责任督印：张　凯

出　　版：上海文艺出版社
出　　品：上海故事会文化传媒有限公司
（201101 上海市闵行区号景路159弄A座3楼　www.storychina.cn）
发　　行：北京中版国际教育技术装备有限公司
印　　刷：天津旭丰源印刷有限公司
开　　本：787毫米x1092毫米　1/32　印张4
版　　次：2022年10月第1版　2022年10月第1次印刷
I S B N：978-7-5321-8486-6/I.6694
定　　价：22.00元

想看更多精彩故事？
扫码下载故事会APP

上海故事会文化传媒有限公司 出品（00092）

如发现本书有质量问题，请与印刷厂质量科联系 T：022-82573686

因此作家王蒙才会如此迷恋幽默，他说："我喜欢幽默。我希望多一点幽默。从容才能幽默，平等待人才能幽默，超脱才能幽默，游刃有余才能幽默，聪明透彻才能幽默。"幽默倡导了一种全新的快乐理念和生活风尚。

《故事会》杂志多年来一直为广大读者奉献最为精彩的小幽默小笑话，其中所包含的机智的风格、幽默的情趣和达观的态度长久以来影响与感染了一批又一批读者。我们的编辑从这个幽默宝库中，经过前期的选题策划、中期的分类归总、后期的修改雕琢，精挑细选出了上千个笑话精品，于是才产生了这套极具特色的作品集。可以说这套笑话丛书是当之无愧的幽默精品，它凝聚了《故事会》编辑部的所有编辑的智慧与辛劳。

此套丛书以笑话为载体，讲述了人生百态，幽默诙谐，令你忍俊不禁，让读者在轻松幽默的氛围中品味人生、领悟真理。该丛书最大的亮点在于强化了色彩元素，12 本书按照内容的定位，每本都有自己的色调。

懂生活才懂幽默，懂幽默才能更好地品味生活。希望这套笑话丛书能够带给广大读者一种全新的幽默体验，营造一种特别的幽默氛围，唤醒我们的幽默潜能，自娱自乐自赏自识，快慰从容地去品味幽默，享受生活。

编者

2022 年 7 月

目录

职场笑话

目录

职场笑话

1. 诚实的证人

法庭上，法官正对一名证人进行审问。

法官说："证人，在你作证之前，我应该告诉你，在法律面前，你只能讲你亲眼看到的事情，不要讲从别人那儿听到的事，明白吗？"

证人回答："明白了！法官先生。"

法官接下来说："我有几个问题要问你。请你先告诉我，你是何时何地出生的？"

证人显得很为难："我尊敬的法官，我无法回答您，因为这是我母亲告诉我的。"

2. 元帅怎么说

第一次世界大战期间，皮埃是元帅的司机，每天朋友见到他总是问："元帅怎么说？战争何时会结束？"

有一天皮埃终于宣布："元帅跟我说了。"

所有人立刻静下来全神贯注地听他说。"元帅说：'皮埃，依你看，战争何时会结束？'"

3. 找工作

一个青年做事总是毛手毛脚，所以老是失业。

这一次，他又找到一份工作，是替一家古董店干活。才上班第一天，他就不小心把一只很昂贵的瓷碗打碎了。

老板很生气："这只碗的价钱我会从你每个月的工资里扣。"

这青年一听，松了口气说："谢天谢地，我终于找到了一份比较长久的工作。"

4. 四位律师

参加完一个活动后，四位律师聚在火车的包间里，他们决定各自坦白自己的缺点。

第一个说："我经常喝得酩酊大醉。"

第二个说："我特别迷恋赌博。"

第三个说："我经常挑逗漂亮女子。"他们说完后，六只眼睛落到了第四位律师身上。

"我特别爱传闲话。"第四个说。

5. 全面分析

一个妇人为了买到称心如意的房子，找到房产商，希望他们能帮助她做一个全面的分析。

"夫人，这栋房子有优点也有缺点。"房地产商说，"我讲的完全是实话，它西部半英里之外有牲畜场，北部有一个橡胶厂，往东走隔两个街区可以看见垃圾厂，一个酿醋厂正在它的

南边。”

“那么这栋房子的优点是什么？”买主迫不及待地问道。

“住在里面可以随时预报风向如何。”

6. 上当受骗

两个士兵在练习挖战壕。

天气很热，他们实在受不了啦。

他们中一个问另一个道：“你还记得那些绘声绘色的征兵宣传画吧？上面写着：‘自愿报名参军吧，你将看到世界！’”

另一个士兵答道：“记得！那又怎么样？你瞧，我报名了，可我并不知道为此需要挖穿整个地球。”

7. 十万火急

朗曼先生急急忙忙地跑到保险公司，对办事员说：“先生，请马上帮我办理财产保险！”

“干吗那么急呢？”办事员问。

“能不急吗？房子都冒烟了。”

3. 转移重点

一位法律系教授对即将成为律师的学生们讲解如何处理棘手的案子。

他建议说："你为一个案件出庭辩护时，如果事实站在你这边，就着重强调事实；如果法律条文站在你这边，就着重强调法律条文。"

这时，一个学生问："如果事实和法律条文都对我不利，那怎么办？"

教授回答："在这种情况下，把重点转移到桌子上，重点敲桌子。"

9. 秘密

一天早晨，商人对正要出门买东西的妻子说："亲爱的，今天你不要到隔壁那家商店去买东西。"

妻子觉得很奇怪，便问："为什么？"

商人回答说："方才他们的老板把我的秤借去了。"

10. 信号灯

法庭上，信号员面对失职的指控，坚持说他曾经来回挥舞了一分钟的信号灯，向火车司机发出了警告信号。法官相信了他的话，取消了对他的控诉。

审判结束后，他的律师对他说："你在法庭上表现得真不错。"

信号员心有余悸地说："其实我非常担心法官提问。"

“为什么？”他的律师问。

“我害怕他问我信号灯是不是亮着的！”

11. 别害怕

一天，警察发现一个独自在大街上徘徊的小女孩，只有三岁半，金发碧眼，长得非常可爱。但她说不出自己叫什么名字，也弄不清自己住在什么地方。

警察无可奈何地开始翻她的衣袋，希望能找到一点线索。

小女孩没有反抗，却嫩声嫩气地说：“别害怕，我没带枪！”

12. 防弹衣

二战过后的一次表彰会上，一位记者访问一个战争中的英雄。

记者问：“您作战如此勇敢，请问您作战的勇气来源是什么？”

英雄答：“我们的长官发给我们一人一件世上最先进的防弹衣。”

战斗英雄的回答使记者非常疑惑：“那为什么你们连几乎全军覆没，而你也受了重伤呢？”

战斗英雄此时情绪非常激动，他强忍住即将落下的泪水说：“因为在此之前，我们不知道那只是一件破棉袄……”

13. 辩解

法庭上，被告为自己辩解："我们厂只是烧制一些瓷器，没说是文物古董，怎么会犯制假罪呢？"

法官问："你主要是干哪道工序呢？"

被告道："我只负责在产品上写一些字而已。"

"写什么，给我们演示一下。"法官递过纸笔。

被告麻利地写下一串字：大清康熙年制。

14. 简洁

为了体现"简洁是现代新闻报道的灵魂"这个特点，一个新闻记者在报道中，能用一个词表达的就决不用两个。

他在报道一则车祸时，遵循了这个原则："汤姆点了根火柴去看油箱里是否有汽油。有。56岁。"

15. 最佳方案

富商甘普正在筹备他的公司创建四十周年的庆典。

他对代理人说："我对庆典活动的要求是：既引人注目，又让职员感到高兴，同时又不花一分钱。"

代理人很为难，想了想，说："办法倒是有的，只不过您听了可能会不高兴。"

"你只管说，只要能符合这三条标准，我一定照办。"

"那就请您跳楼自杀吧。"代理人说,"这样既引人注目,又不花钱,而且您的职员们都将感到非常高兴。"

16. 训斥

早晨,西装笔挺的秘书夹着公文包,握着手机,走进经理办公室,他惊奇地发现经理蓬头垢面,衣衫破旧。

秘书刚要问,不料经理指着他的鼻子大声训斥道:"你这秘书怎么当的,不知道今天讨债的要来啊?"

17. 不耻下问

公司上上下下都在筹备一个会议,忙得不可开交,经理找上找下,找不到自己的笔,于是问秘书:"我的铅笔放哪儿啦?"

秘书看了经理一眼道:"夹在你的耳朵上。"

经理着急地说:"你没有看见我很忙吗?快告诉我,夹在哪只耳朵上?"

18. 高科技

一位领导到一乡镇企业视察,对厂长说:"希望你以后要多吸收一些高科技的成分!"

厂长问领导:"高科技是什么?"领导一时语塞,竟不知如何回答。厂长见状,说:"原来高科技就是我不知道、您也不知道的东西！”

19. 惩罚的结果

中尉从一个二等兵身边经过，发现这个二等兵没有向他敬礼。

于是中尉把二等兵叫过来，严厉地说：“你马上练习向我敬礼两百次。”

正在这时候，一个将军走了过来，问是怎么回事。

中尉解释道：“这个无知的人没有向我敬礼，所以给了他一个惩罚，让他练习向我敬礼两百次。”

“很好，”将军微笑着说，“但请你不要忘记，他每次向你敬礼时，你得回礼。”

20. 随机应变

两名新警官巡逻时在大街上发现三枚手雷，于是决定将手雷送回警察局。

路上，稍年轻的一位警官问道：“要是有一枚手雷爆炸了怎么办？”

另一位答道：“没关系，那咱们就说只捡到两枚。”

21. 录音报道

一个电台记者正在家里用录音机整理他刚刚采录来的新闻素材，这时他太太怒气冲冲地从外面闯了进来，与丈夫大吵大闹，还动手把丈夫的脸也抓破了。这一切碰巧都被录音机录了下来。

第二天，记者来到办公室，同事们见他脸上红一道紫一道的，就问出了什么事。记者实在不好意思回答，便随手打开录音机说："请听记者从现场采制的录音报道……"

22. 不好管

儿子大学毕业，被分配在一个资料室。

回家后儿子对爸爸说："爸爸，告诉你一件真事，我所在的那个办公室，有一个科长、六个副科长，就我一个兵。"

爸爸回答说："由此可见，你是个不好管的兵。"

儿子不服气："你凭什么说我是个不好管的兵？"

爸爸："如果你好管，要那么多当官的干吗？"

23. 打电话

老王说话时声音特别大。

有一回，上司被他吵得实在受不了，就打发秘书出去看看是怎么回事。

一会儿，秘书回来禀告："老王正在隔壁房间和北京对话。"

上司一听，便奇怪地问："那为什么不用电话？"

24. 营长下面

新兵联谊会上，连长和其中一个新兵聊天，连长问："我们营里谁最大？"

新兵回答说："报告连长，是营长。"

于是连长接着问："紧跟着在他下面的，是谁？"

新兵不假思索地回答："报告连长，是营长骑的马。"

25. 彼此彼此

有一位职员因薪水不高，十分苦恼。

一天，他碰到老板，就客气地问道："老板，我太太说我的薪水太少了，她叫我来问问你，能不能加一点。"

老板为难地说："那得让我去问问我的太太……"

26. 招聘广告

外国一家公司想雇用一名男性员工，但又怕妇女运动团体指控他们歧视女性，因此贴出这么一个招聘广告："征员工一名，条件：必须在上班时间打赤膊而不会影响周围其他同仁的工作效率和情绪。"

27. 负责

公司要招新的员工，老板亲自对每个应聘者进行面试。

老板对一位应聘者说道："我们这里需要一位负责的工人，您负责吗？"

应聘者答道："老板先生，您可找对人了！我曾干过许多工作，无论每次发生什么事，别人都说让我负责。"

28. 好奇

法院即将开庭审判一个杀人嫌疑犯，但犯人的律师还没有到。于是法官问犯人是否要等律师来。

犯人肯定地说："是的，一定要等。"

法官问："你是当场被抓获的，人证、物证充分，而且你自己也已经供认不讳，律师还能说什么呢？"

犯人说："是呵，我也感到奇怪，所以我就想听一听律师会说些什么。"

29. 辞人策略

两个年轻人在聊他们的上司。

一个说："我们老板辞退员工特讲策略。"

另一个问："怎么讲策略？"

这个人学起老板的样子："他通常把你叫进办公室，温和地劝你说：‘年轻人，要是没有你，我不知道公司会怎样。可是从下星期一起，我们打算试一下。’”

30. 律师的身份

在法庭上，律师开始舌战前，通常都有一个自我观点陈述的时间。

只听辩护律师向对方律师大喊：“你是骗人的！”

对方律师反唇相讥：“你是说谎的！”

法官用小木槌猛敲一下，冷漠地说道：“现在双方律师已表明了身份，继续审案吧！”

31. 经验

一起交通事故的审理正在进行中。

被指控交通肇事逃逸的司机的辩护律师说：“尊敬的法官大人，那个被撞的行人肯定是很不小心才被撞的，我的当事人已经有二十多年的驾龄了。”

原告律师道：“如果光靠经验就能免除罪名的话，我的当事人已经有四十多年的行走经验了！”

32. 加薪的理由

一个员工鼓足勇气对他的老板说：“你必须给我加薪！眼

前，就有三家公司的代表在我家里等着我的答复呢！”

老板小心翼翼地问：“能告诉我是哪三家公司吗？”

员工回答说：“电力公司、电话公司，还有煤气公司。”

33. 你先开玩笑的

有一天，某公司要人手，一位高才生跑去应征。

老板问他说：“你想要什么样的工作环境？”

那人说：“我想一个月薪水十万，一年有一个月公司用公费让我出国，公司还要用公费让我租房子。”

老板说：“我一个月薪水给你二十万，一年有两个月公费让你出国，公司还送你一栋房子。”

那个人惊讶地说：“不会吧，这么好，该不会是跟我开玩笑吧？”

老板说：“是你先跟我开玩笑的。”

34. 物归原主

一位在小镇开业多年的老律师，临终时立下遗嘱，将他个人的全部遗产三千万元分送给镇上的傻子和疯子。

镇上的人都感到疑惑：“你为什么要这样做？”

律师回答说：“过去我从这些人手里面赚得了这些钱。现在我不过是再把钱还给他们罢了。”

35. 两条隧道

英法两国为了缩短交通距离，打算修建海底隧道，于是两国各派一名工程师开会决定如何进行。

英国工程师提议说："这个工程很简单，你们从法国那边挖过来，我们从英国这边挖过去，在中途会合，工程就结束了！"

法国工程师问："要是中途没有碰上呢？"

英国工程师说："嗯，那更好，我们就有两条隧道了！"

36. 邮递修理

暴雨冲垮了整个镇的电网线路。

作为电力公司的代表，小张必须四处派遣维修员修理被洪水冲毁的电线。一名维修工给顾客打电话，以便确认具体的地址。

顾客告诉他："我的地址是 99 号信箱。"

疲倦的维修工回答："夫人，我要开卡车去您那儿，而不是通过邮递。"

37. 双重职业

一名乞丐自称是落泊音乐家，向一个路人"借"二十块钱。

这个路人正巧两个星期前见过这乞丐，当时他自称是个失业文员，便因此质问他。

乞丐答道："是的，在这个失业高峰的时候，只靠一个职业是无法谋生的。"

38. 最后的工作

鲍勃去应聘机场塔台的工作，他通过了前面所有的考试，最后一关是口试。

考官：有一架飞机准备降落，你从望远镜里发现它的起落架没有放，你会怎么办？

鲍勃：我会立刻用无线电警告他。

考官：如果他没回答呢？

鲍勃：我会立刻发送'危险，不得降落'的信号。

考官：可他继续下降。

鲍勃：我会立刻打电话给我弟弟。

考官：你弟弟？他能做什么？

鲍勃：他不能做什么，但他从来没看过摔飞机。

39. 进步

1945年，艾森豪威尔将军到前线去视察时，曾对法国将军拉特尔说，美国军队受法国军队的影响，行为举止已经比从前好得多了。

正当他们在谈论的时候，一个美国大兵走过来向艾森豪威尔说："嘿！将军，把你的吉普车借给我用一下好吗？"

拉特尔将军是个极讲究军事纪律的人，在旁边见到这种情形，不禁大为惊讶。

而艾森豪威尔却笑着对他说："你看我说得不错吧？在一年以前，他要用车连问都不问我一声呢！"

40. 立刻去做

公司经理让人在墙上挂上"想做就立刻去做！"的标志，希望激励职员的工作热情。

过了一段时间，老板的一个朋友问他这个举措效果如何。

老板答道："出纳拿了十万元溜走，办公室主任和我的女秘书私奔，几十个职员一齐要求加薪！"

41. 成功秘诀

一位新人成功当选议员，有人问他成功的秘诀，他说："我不喜欢原来那位议员所做的事，所以我和他竞选。"

问的人继续追问："但是你是新人，你是怎么当选的呢？"

他说："我想是因为每一个认识他的人都投我的票，认识我的投他的票，而认识他的人比认识我的多。"

42. 装腔作势

有一个律师，刚开始挂牌营业，事务所还没有整理就绪，就有顾客上门。

律师并没有招呼客人，而是赶紧接通电话："好的，今天部长的午餐会，我一定会到。还有，下午的董事会议，你就叫大家先投票，没关系。部长午餐会那边，我可能走不开，部长一定会要我留下来……你们就先投票，我到的时候再讲话，作结论性发言。"

律师挂上电话，面带微笑，对顾客说："您好，有什么需要我效劳的地方吗？"

"顾客"客气地说："不敢，公司说您急着用电话，现在，我马上帮您把电话线接通，好吗？"

43. 缺勤

一个职员已经两天没上班了，当他第三天来到公司时，老板抱怨说："你这两天干什么去了？"

职员答道："我不小心从三楼窗口跌到大街上了。"

老板气冲冲地责问："从三楼跌下去要两天吗？"

44. 正确的决定

在一次采访中，记者问银行董事长成功的秘诀。

“五个字。”

“哪五个字？”

“正确的决定。”

“那怎样才能做出正确的决定？”

“两个字。”

“哪两个字？”

“经验。”

“你是如何得到经验的呢？”

“五个字。”

“哪五个字？”

“错误的决定。”

45. 落选原因

有两个人到一家公司应试，他们的条件相仿。

公司决定出十道题来考他们，胜出的将被录用。结果，他们每人都只有一道题答不出。

经理叫来第一个候选人，对他说：“我们决定录用另一位。”

“为什么？我们俩都答对了九道题。”落选者说。

“我们不是根据答对的问题来选择的，而是根据你们答不出的问题来选择的。”经理说。

“难道他的不正确的答案更好吗？”落选者问。

经理说："很简单，对于第五题，他写的是'我不知道'，而你写的是'我也不知道'。"

46. 送什么

两位营业员在交谈。

"你们店里生意怎么样？"

"还好，最近我们在搞'买一送一'活动。"

"这个办法不错，那要是顾客买一双牛皮鞋，你们送什么？"

"送一根牛皮筋。"

47. 干洗

一天，排长到二班检查内务卫生，进门时闻到了一股脚臭气。

排长问："昨晚谁没有洗脚？"

众士兵："都洗啦！"

排长："洗啦？怎么这么难闻？你们是怎么洗的？"

甲说："热水浸泡！"

乙说："冷水刺激！"

丙一摸脑门，很不好意思地说："我……干洗。"

48. 职业病

丽莎是一个护士，每当她带刚当上父亲的人去看他们新出生的小宝贝时，丽莎都要他们猜猜孩子有多重，很少有人能答对。

这次丽莎也一样，问了一位父亲，他没说什么，抱起孩子，掂了掂，然后报出了一个精确的数字，丽莎看了看笔记，竟然准确无误。

"你太厉害了，先生。" 丽莎说。

"这没什么，因为我是个卖肉的。"

49. 半边天

厂长：你老嚷嚷缺人，这回我给你们科增加一个"半边天"。

科长：我宁可少一个帮手。

厂长：为什么？

科长：我们科原来已经有"半边天"了，再来一个，我就看不见天了！

50. 不一样

王科长家电话铃响了，小明拿起话筒，稚声稚气地问："喂，你找谁？"

"请王科长接电话。"

“爸爸不在家。”

“这个小王，星期天也老往外跑。”对方嘟哝了一句。

小明歪头眨眼：“喂，你找王科长还是找小王？”

“小王、王科长不都是你爸爸，还不一样？”对方问道。

小明一板一眼地回答：“不一样！我爸爸说了，凡找王科长的，就说他不在家；凡找小王的，就叫醒他。”

51. 老板收徒

肉店的老板问新来的学徒：“一公斤等于多少克？”

“九百克。”学徒脱口而出。

“很好，我们肉店正需要你这样的人。你明天就可以站柜台掌秤了。”

52. 心病

小刘下班回家，饭也不吃，一头倒在床上唉声叹气。

妻子问：“咋了？”

小刘难过地说：“今天局里开会，我做个人工作总结时说到取得的成绩是周局长、高副局长、朱副局长、赵副局长、吴副局长、孙副局长、张副局长的关心、支持的结果。可是，可是没想到竟漏了钱副局长。”

53. 笑比哭好

有个顾客来到裁缝铺里，指着自己身上穿的衣服，气愤地对裁缝说："你给我做的算什么衣服？大家一见就笑。"

裁缝高兴地回答说："啊，这是我第一次成功！要知道，我以前的顾客都是哭哭啼啼的。"

54. 裁缝的孩子

有个裁缝每次给顾客做衣服，总要借口衣料不够而从中多占顾客的布料。

有一次，一个顾客拿衣料上门请她做套衣裤。她一看，就说衣料不够，不肯接活。顾客只好去找她对面的另一家裁缝，这家裁缝很爽快地把活接了下来。

过了几天，顾客前去取货，看见裁缝的儿子穿的一件衣服是用他的布料做的，他感到很惊讶，便问裁缝："这是怎么回事呢？对面那家裁缝说我的布料不够，而你这里不但有多余，还够小孩做一件衣服，真是怪事？"

裁缝坦率地回答，"我只有一个孩子，而对面裁缝有三个孩子呢！"

55. 兵马"桶"

有个不学无术的干部在讲话中说："前不久，考古工作者在

陕西发掘出了秦始皇士兵用的马桶(俑)……”

这时,他旁边一个年轻人立即纠正说:“不念‘桶’,念‘勇’,勇敢的勇。”

“那还用说?秦始皇的士兵不勇敢,他能统一六国吗?”

56. 惊险

有位理发师酷爱文学,尤其喜欢阅读惊险小说,就是在给客人理发的时候,他也常常讲一些惊险的故事。

有一次,一位顾客听了,吓得脸都白了,忙说:“请别讲了,我的头发都竖起来了。”

“那才好啊!我理起来就方便多了。”理发师高兴地回答道。

57. 无奈

警察拘留了一个超速开车的人,开车人急忙解释:“我有急事,耽误不得,快放我走吧,求求您高抬贵手!”

警察毫不留情地说:“不行,你先在警察局呆一下,等局长回来再处理。”

开车人问:“局长要多久才能回来?”

警察说:“局长去参加他女儿的婚礼,说不定要两小时之后才回来。”

“哎呀,您耽误了我的大事。”开车人哭丧着脸说,“我就是他女儿的新郎，他们正在等我呀！”

58. 可怕的安慰

小张到餐馆打工，上班第一天就把手烫伤了。

餐馆老板走来，说了一句安慰的话：“不要紧，头一天是生手，过几天就会变成熟手的。”

小张一听“熟手”，再看看自己那只烫得又红又肿的手，惊叫一声“妈呀”，吓得再也不敢来上班了。

59. 见鬼

律师事务所里，一个年轻的律师正在接待一个客户。

律师说：“你的控告材料给被告看过了吗？”

原告回答：“看过了。”

律师问：“他怎么说？”

原告说：“他说让我见鬼去吧。”

律师又问：“那你怎么办？”

原告回答：“我就见您来了。”

60. 高招

某乡贴出告示：全乡范围内招考建筑工人，凡录取者有固定收入。一时间，全乡轰动，招收五十人，报名者就达千人。

不过，这次考试条件极为苛刻，如木工，须能达到蒙眼吊线，斧劈如刨；瓦工则须达到以掌代刀，砍砖不差分毫。尽管如此，合格者仍超过百人。

主考者实在无法定夺，于是请示上级主管，主管听完汇报沉思良久，忽然想到一个妙招："这样吧，加考一门外语！"

61. 保命

考官问来投考交警的迈克："如果你单独驾驶警车巡逻，这时有一辆大卡车以每小时八十里的速度向你开来，你应该如何应付？"

迈克毫不犹豫答道："我以每小时一百里的速度避开它！"

62. 投诉

一家大百货商店新近安装了一台自动电话。

每当有人打进电话，话筒里便会传来一个甜美而充满柔情的声音：顾客朋友，如果你想预订商品，请拨 1；如果你想了解付款问题，请拨 2；如果你想投诉，请拨 676920147843952869。

63. 耗子药

一个女顾客对售货员说："上次你们卖给我的耗子药怎么不管事呢？我发现家里的老鼠吃了它不仅没死，反而越吃越肥了。”

“是这样的，夫人。您继续买药给老鼠吃吧，直到它肥得进不了洞，就可以被猫吃掉了。”售货员回答道。

64. 优秀的律师

年轻律师参加法庭初期审讯。

案情大致如下：一列火车撞伤了一个男孩，男孩的手臂伤得很重，声称已不能举过头顶。

聪明的律师问道：“噢！我的小弟弟，你的手在车祸中受了伤？”

“是的，先生。”男孩答道。

“现在你的手臂举不高了？”

“是的，先生。”

律师温和地说：“你是否介意，向陪审团示意在事故发生后，你的手臂能举多高？”

男孩似乎很费力地举起手臂，但只能举到肩膀一样高。

“那么，事故前你的手臂又能举多高？”律师坦然问道。

男孩马上高举手臂，一直举过头顶。

65. 沉默是金

公务员录用考试进入面试阶段，笔试成绩遥遥领先的小丁能说会道，口才极佳。

进入面试的有两个人，面试这天，小丁口若悬河，滔滔不绝；另一位应试者不善言辞，不问不答，基本沉默。

小丁暗想："看来我稳操胜券了！"

一周后公布了结果：小丁落选。小丁感到非常意外："会不会考官搞错？"

一个朋友问他："你报考的是什么机关单位？"

小丁回答："市保密局……"朋友恍然大悟。

66. 违章

两个司机坐在一起聊天。

一个司机叹口气说："昨天大清早出车，半路被一个警察拦下，左查右查没发现毛病，结果他抬头一看说：'你怎么没洗脸？妨碍开车视线，罚款二十元！"

另一个说："我更惨，装了一车猪，半路也被警察扣下，也是左挑右挑没有发现毛病，偏偏这时一头猪不争气，把一只猪蹄子伸到车外，这不，罪名就来了，说是'超宽'！"

67. 公正

一位新上任的年轻法官求教于上司："当法官最重要的是什么？"

上司回答："公正！"

"怎样才能做到公正呢？您能举个例子吗？"

"好吧，我告诉你：有一次，临开庭前，原告的律师暗中送给我一千美元，随后，被告的律师又偷偷塞给我五百美元。我想，作为一个法官，绝不能故意偏袒一方，昧着良心判案，因此我断然退给了原告律师五百美元……这就是公正！"

68. 应聘

一个公司征聘高级企业管理人才，张三闻讯前往应聘。

征聘单位的接待人问他："先生，您有何特长？"

张三想了想，说："我会写自己的名字。"

对方忍不住笑了："会写自己的名字有啥用？"

张三有点生气："咋没用？如果我再学会写'同意'、'酌办'，给你们当领导行不？"

69. 对话

马克到远洋运输公司工作，第一次出海，觉得很兴奋。可是，货轮在海上航行了一个月，还没有靠岸，他开始发闷了。

船长见他心情不好，便问他："孩子，你结婚了吗？"

"没有，但订了婚。"

"其实没有必要结婚，"船长说，"我们的船便是你的妻子，给你吃，给你住，让你有个温暖的家……孩子，你还需要什么呢？”

“离婚！”马克毫不犹豫地说。

70. 大有关系

听说检查团要来检查，厂长首先去视察单位食堂。

厂长对炊事员说："王师傅，明天检查团要来检查产品质量。"

炊事员觉得奇怪："这和我有啥关系？"

厂长说："当然关系呀，首先要提高饭菜质量嘛！"

71. 碰钉子

有两个人一边吃饭一边在聊工作的问题，一个说："工作中我就怕碰钉子，碰到钉子最让人烦恼。"

另一个说："可我伯伯正跟你相反，他就喜欢碰钉子。他是专门敲鞋掌的。"

72. 难找

炮兵营长到阵地检查大炮伪装情况。

当他来到本来是一门炮的炮位时，见几个战士在灌木丛中爬行，似乎在寻找什么。

“你们在找什么？”营长问。

“报告营长，昨天大炮伪装得太好了，以至于今天连我们都找不到了。”

73. 等待

一个人急匆匆地走进一家公司，被公司的前台拦住，这个人说：“我有要紧事，想见你们领导。”

前台说：“很遗憾，他到法庭去了。”

这个人于是说：“我可以在这里等他吗？”

前台回答：“当然可以。”

这个人问了一句：“他大概什么时候可以回来？”

前台热情地说：“如果他运气好的话，大概三年后就能回来了。”

74. 不一样

一个没有见过自动取款机的人问银行工作人员，怎样才能取出钱来。

银行人员说：“你按一定程序去做，就能自动取款。”

那人又问：“我如果不按一定程序去做能取吗？”

银行人员回答说：“取是能取，但取出来的可能是手铐。”

75. 求职

劳伦斯来到一家公司求职。

公司经理说："我们公司现在不招聘员工。来我们公司求职的人太多了，我连他们的姓名也来不及登记。"

劳伦斯建议道："先生，就让我来做这个登记姓名的工作，好吗？"

76. 案发以后

一家公司的经理到公安局去报案："警察同志，我们公司的出纳员逃走了！"

警察问："保险柜检查了没有？"

经理说："已经彻底检查了，他不在里面。"

77. 送礼

公司办事员贝利买回了一部新车，他眉飞色舞地告诉老板："那是我准备送给太太的结婚周年礼物。"

老板说："你真是个体贴的丈夫。你太太可有什么东西送给你？"

"有，一套全新的厨房设备。"

78. 为谁鼓掌

一个英国人，到法国巴黎去做学术报告。当他演讲完的时候，下面的掌声稀稀落落，他十分恼火。

不一会儿，有个法国人走上讲坛，英国人心想："这回，我要让你们懂得什么叫有礼貌！"于是，那法国人每讲完一句，他就拼命地独自一人鼓掌。

后来，坐在他身旁的一个法国人实在忍不住了，对他说："先生，台上那个人，正在用法语翻译您刚才讲的那篇报告呢！"

79. 你瞎了吗

在繁荣的市区发生交通意外，两辆小轿车迎面相撞。

其中一位司机怒气冲冲大叫："你瞎了吗？"

另一位司机不甘被辱，反唇相讥："谁说的？我不是把你撞个正着。"

80. 健忘

一个公司总经理的健忘程度超出了常人的想象。

一天经理对秘书说："八月二十日的会议十分重要，请你记着提醒我。"

秘书说："这是前天的事了。"

经理说："天哪！我居然忘记了参加会议！"

秘书说："您已经去过了。"

81. 认真的门卫

厂里新来了一个门卫，于是厂长对门卫进行了培训，厂长对新的门卫说："要注意，千万不要让职工把产品带出厂。"

门卫每天都很仔细地检查工人的皮包，没有发现问题。

有一次门卫好奇地问厂长："咱们厂生产什么呀？"

"皮包。"厂长答道。

82. 没有看见你

一辆小汽车急速闯过红灯，刚好被警察拦住。

"喂，你难道没有看见红灯吗？"

司机急忙解释道："不，真对不起，我看到红灯了，只是没有看见您。"

83. 礼尚往来

某家具厂发出一份非同一般的通知："琼斯太太：由于你买的家具逾期未付款，我们拟派车将家具运回，不知这样做你的左邻右舍会有什么看法？盼告。"

第二天，工厂收到了回信："亲爱的先生们：所提家具运回一事，我已与左邻右舍磋商，征求他们的看法，大家一致认为，那无异于卑鄙、下流的勾当，你们瞧着办好了。”

84. 老师哭了

一个六岁的男孩被宠得不成体统，邻居们对他十分厌恶，孩子的父母则把他看作掌上明珠。

儿子上学的第一天，母亲到街口等他回来。“学校很好吧。”母亲问，“你哭了吗？”

儿子不以为然地说：“哭？不，我没有，倒是老师哭了。”

85. 表演逼真

一个剧组正在拍新片，只听到电影制片人大声喊道：“行了，看在上帝的面上，快停下！”摄影机马上停止了工作。

他走到主演面前说：“先生，您本该表现出愤慨的样子。”

“对不起，我已尽力了。”对方不高兴地说。

“好哇，我要把您每天的工资降到 1 英镑。”主演一听，愤怒不已。

制片人见状，叫道：“哎，这下可好了，就保持这个样子，开拍！”

86. 办公室牌子

某厂成立“下岗分流办公室”。

厂长兼任办公室主任，安排秘书定做一块牌子，叮嘱说，牌子上的字要简短些。

比如："环境保护办公室"简称"环保办"，"纪律检查委员会"简称"纪检委"。

秘书点头表示明白。谁知，牌子挂出来后，把厂长气得要死，原来牌子上写着：下流办。

87. 整顿有方

董事长请教新任总经理："过去召集部门经理开会，他们老是心不在焉，这种会风怎么整顿？"

总经理胸有成竹地说："这好办，撤掉记录员，立新规矩，在会议结束时才宣布哪位负责记录。"

88. 意外财路

乙最近下海搞创业，开了个小厂，甲对乙说："电视上天天播放广告，你们厂干嘛不做点广告？"

乙回答："我们厂根本用不着做产品广告。电视上别人的广告越多，我们的产品就越畅销。"

甲问："为什么？"

乙说："我们厂是生产清凉油的。广告看得人头疼，谁都要买点清凉油擦脑门儿！"

89. 拒绝拍摄

电影导演准备拍摄一组一个人与老虎在一块嬉戏的镜头，可是演员却拒绝拍摄。

“别害怕”，导演对演员说，“参加拍戏的这头老虎是在动物园里出生的，它是叼着橡皮奶头、喝牛奶长大的。”

“那能说明什么？”演员说，“我是在妇产医院里出生的，我也是叼着橡皮奶头、喝牛奶长大的，可我照样爱吃肉。”

90. 入狱原因

某调查机构正对监狱犯人的犯罪行为进行调查统计。

工作人员对一个六十多岁的犯人询问道：“请问，您入狱的原因是什么？”

犯人叹了口气，答道：“年轻，没经验。”

工作人员不解地问：“您今年六十多岁了吧？”

“我说的不是我，是我的辩护律师。”犯人回答。

91. 通缉罪犯

一个死刑犯越狱潜逃了。

警察局赶紧四处散发追捕罪犯的通缉令，并附上了罪犯的三幅照片：一幅是正面像，一幅是左侧面像，一幅是右侧面像。

几天过后，相邻城市的警察局发来了通知，上面写道：“贵局通缉的三名罪犯已全部被我局捕获，请派员速来我局办理递解手续。”

92. 电脑与报纸

两个男人正在交谈。

一个人说：“你认为电脑能取代报纸吗？”

另一人回答：“不可能，你总不能用电脑拍苍蝇吧？”

93. 复活

晨会上老板照例要跟每个员工谈话。

当老板走到一名雇员身边时，他问：“你相信人死后能复活吗？”

“不相信。”雇员回答说。

“可是，昨天你提早下班，说去参加祖母的葬礼，可她后来到公司找过你。”

94. 怎么回事

一个小伙子在一家公司上了几星期的班后，被叫进了人事部办公室。

部长不满地问他：“你在申请工作的时候，告诉我们你有五年这方面的工作经历，可现在我们发现你是第一次做这种工作。”

小伙子回答：“没错，可你当时的招聘广告上写明要一个富有想象力的人。”

95. 区别

一位设计人员在绘制一张图纸时，将上面的“1×100”误写为“100×1”。

项目主管发现后，把他狠狠批评了一顿。

他很是不服，问主管两者有何不同。

主管反问：“你跟一个女孩约会一千次，与跟一千个女孩各约会一次，能是一回事吗？”

96. 食品检测机

在厨师手艺大赛上，为了体现公平，采用了一种自动设备来检测食品品质的优劣。只要把食品放入检测箱中，屏幕上便会显示食品的名称和等级。

一号厨师把一只烤全羊放进去，屏幕上立即显示：烤全羊，一级。

二号厨师的拿手菜是酱猪蹄，放进检测箱后，屏幕上显示：酱猪蹄，特级。

轮到三号厨师了，他战战兢兢地把自己那盘有点焦的干炸

里脊放了进去，只见检测机犹豫了一会儿，才得出结论：鸡饲料，合格。

97. 不三不四

老李家装电话，老李不满意营业员给他的电话号码，嫌尾数的“3”不是双数，不吉利。

营业员又给了他一个号码，他一看尾数是“4”，更不高兴了。

于是营业员问：“那你是要不三不四的号码？”

98. 爱护士

一位行伍出身的将军做报告总是让秘书代写，一次给部队医院作报告。

他在台上念道：“作为长官要爱护士……”下面大笑，当翻到下页时将军不情愿地说：“后面还有个兵！”

99. 如此索赔

洗染店把阿满送洗的大衣弄丢了，阿满提出索赔。

店主问：“您这件大衣值多少钱？”

阿满想了想，说：“这件大衣我是花800元买来的，每年到洗染店洗一次，一共洗了14次，按每洗一次50元算……这样吧，你赔我 1500 元好了。”

100. 打字

大家都知道公司里的刚进来的女秘书是个十足的花瓶。

有一天董事长称赞她道 :“哇！你打字进步了,竟然只错了七个字！”

女秘书立即开始发嗲 :“太好了！那你给我加薪呀！”

董事长清了清喉咙,接着说 :“现在我们来看第二行。”

101. 买一送一

王老师打算买一台电脑,就上街打探行情。走到一家商店前,看到挂着横幅 :买一送一。

王老师很高兴,跑进店里一问,才知道是买一台电脑送一个鼠标。气得他转身就走。

往前走了一段,又看见一家店的门前也挂着横幅 :买一送一。这次,王老师生了心眼,先问清楚。

售货员的回答斩钉截铁 :“买一台电脑,送一台电脑！”

王老师喜出望外,当即掏钱取货,可是只拿到一台电脑。他连忙去问售货员 :“你们怎么说了不算！”

售货员指着门前的广告,理直气壮地说 :“谁说了不算啦?你买一台电脑,我们用三轮车帮你送回家,不是买一台送一台么?”

102. 最佳合伙人

霍姆斯对朋友说:“我近来生意特别好,这主要是因为我有了贝利这个难得的合伙人。”

朋友问:“你俩是怎样合作的?”

霍姆斯说:“贝利走街串巷,卖一种除去厨房污渍的清洁粉。两天后,我再沿着他走过的路去卖另一种清洁剂,专门洗去用了他的清洁粉而留在手上的蓝颜色。”

103. 换名

某科研机构想买个冰箱放在实验室用,就给上级打了个报告,结果没有被批准。

于是研究所的所长重新打了一份报告,换了几个字,居然就通过了,原来他把申请物品一栏的“冰箱”换成了“类神经人工智能温度调节器”。

104. 占便宜

一位先生在家具店手舞足蹈地神侃,把一个女老板侃得晕头转向,最终买到一套便宜的沙发。

次日那位先生又想如法炮制。没想到女老板已回过神来,她气急败坏地说：“你这人真不知足，昨天在沙发上占了我的便宜，今天又想在床上占我的便宜。”

105. 不收只买

承包商准备用一辆新型豪华的小轿车向一名领导行贿。

这位领导却板起脸来说：“先生，通常的行为准则以及我本人的荣誉感，都不允许我接受这样的礼物！”

承包商说：“我很理解您所处的地位，这样吧，我以一百元的价格把这辆车卖给您。”

这名领导立刻答道：“既然如此，我就买两辆。”

106. 冤枉

法庭上，法官为了提高工作效率对被告说：“李平，我问你问题，你只能回答‘是’或‘不是’。”

李平：“是。”

法官：“案发时，你是不是手持一把锋利的刀子？”

李平：“是。”

法官：“你是不是把刀子架在钱二的脖子上？”

李平：“是。”

法官：“你还喝令他不准动？”

李平：“是。”

法官："好，你被判非法使用暴力，罪名成立。"

李平："冤枉啊，我是理发师，当时正在给钱二刮胡子呀！"

107. 律师的葬礼

一个男子出席他的律师的葬礼，他看到前去参加葬礼的人很多，觉得很惊讶："你们为什么都来参加这个人的葬礼？"

一个男人转身面对着他说："我们都是他的委托人。"

"你们都来向他表示你们的敬意，多么令人感动啊。"

大家异口同声地回答："不是，我们都是来看他是不是真的死了。"

108. 名字

有个人在银行开户，委托银行职员为他填表，职员问他："你的姓名？"

那个人回答说："费费费雷罗，彼彼彼得洛维奇，帕帕帕里奇。"

职员很礼貌地说："对不起，先生，您口吃吗？"

那个人愤愤地说："不，只是我父亲口吃，那个为我进行出生登记的官员简直是个白痴，就这么记下来了。"

109. 征兵动员

镇长在全镇征兵大会上讲道："军营是个大学校，可以把不纯洁的人教育成纯洁的人，可以让意志不够坚强的人变成意志坚强的人，可以把人们头脑中一些不健康的思想改造掉。"

第二天，镇上征兵处来了许多群众，镇长十分高兴，走上前去，只听大家都向带兵的军官说道："既然当兵能那样，还是把我们的镇长先带走吧！"

110. 生意经

一个配镜师教一个新上岗的雇员如何向顾客要价。

"当你给顾客配镜时，如果他问价，你就说七十五美元。如果他的眼睛没有颤动，你就说，这是镜架的价格，镜片还需要五十美元。如果他的眼睛仍没有颤动，你就补上，每片。"

111. 工业间谍

大学毕业生吉姆去应聘一个工业间谍的职位。

人事官问了一些常识性的问题，然后递给吉姆一个信封，说道："把这个送到第八层的档案室，一周之后，我们将电话通知您面试的结果。"

出了人事官的房间后，吉姆转身溜进卫生间，看看四下没人，便拆开信封，只见里面写道："你被录用了，马上回人事部报到！”

112. 军人保险

亨曼先生被派到美国新兵培训中心推广军人保险，结果，听他演讲的新兵百分之百都自愿购买了保险。从来没人能达到这么高的成功率，培训主任想知道他的推销之道，于是悄悄来到课堂，听他对新兵讲些什么。

亨曼说：“小伙子们，我要向你们解释军人保险带来的保障。假如发生战争，你不幸阵亡，而你生前买了军人保险的话，政府将会给你的家属赔偿二十万美元。如果你没有买保险，政府只会支付六千美元的抚恤金……”

“这有什么用，多少钱都换不回我的命。”一个新兵沮丧地说。

亨曼和颜悦色地说：“你错了，想想看，一旦发生战争，政府会先派哪一种士兵上战场？买了保险的，还是没有买保险的？”

113. 目标准确

炮兵连长向营长报告：“报告营长，敌人太狡猾了，隐蔽的地方简直让你意想不到，我们该怎么办呢？”

“笨蛋，向那意想不到的地方开炮！”长官回答。

114. “英雄”

在一次大战后，许多士兵都受了伤。一位当官的来看望他们。

“长官！在大战中，我表现十分英勇。”一位士兵说。

“哦！你怎么英勇呢？”长官惊奇地问道。

“当时，我冲到敌人面前，拿起刀子将他的手足砍去……”士兵自豪地回答道。

“那你为什么不把他的脑袋给砍下来？”长官又问。

“因为我冲到敌人面前时，敌人的脑袋已经被人砍去了！”

115. 士兵的哲学

新兵们在接受战术训练，内容是空手夺刀和空手夺枪。

课后，教官提了一个问题：“假如在夜里，你独自一人守卫大桥，手里拿着枪，突然发现一个赤手空拳的敌人向你扑来，你怎么办呢？”

一位新兵考虑了一下，说：“我认为，首先必须把手里的枪扔到河里，这样，敌人就不会为了夺枪而杀我了。”

116. 聪明的指挥官

一次军事演习正在进行，一名指挥官的吉普车陷进了泥里。他看见几个士兵正懒洋洋地坐在地上，便叫他们来帮忙。

"很抱歉,先生,我们已经阵亡了,什么也不能干。"

指挥官转向他的司机,说:"卫兵,赶快从这些死尸里拖两具出来,填到轮子底下,好让我们快点上路。"

117. 分担

张小姐因病住院,同事纷纷前去慰问。

张小姐感动地说:"真不好意思,我请假几天,还要麻烦各位分担我的工作。"

"一点小事,其实没什么,"阿添爽快答道,"我泡茶,文仔发报纸,林芳负责和主任打情骂俏。"

118. 反差

火警演习,机关大楼里铃声大作,三百多名工作人员从大楼里一拥而出。

秒表显示,只花了 3 分 20 秒。

不久,下班铃响,消防队长再次按下了秒表,他吃惊地发现,这次仅用了 2 分 5 秒。

119. 缺点

家具店里,家具销售员对顾客滔滔不绝地介绍自己的产品。

顾客问:"你说你们公司的家具怎么怎么好,它就没有缺点了？”

家具销售员诚恳地回答："有缺点，有的缺点还很致命。"

顾客问："啥缺点？"

家具销售员回答："它们个个有腿，就是不会自己走。"

120. 军训

一批大学新生正在进行军训。

这天，指导员操着方言普通话说："今天，一班杀鸡，二班偷蛋，我来给你们做稀饭！"

同学们听了面面相觑，搞不懂这算什么军训内容。后来，一个同学看了指导员的动作，才明白过来："他说的是，一班射击，二班投弹，我来给你们做示范！"

121. 习惯用语

托尼在发放驾驶执照的部门工作了二十年，最近转到了办理结婚登记的部门。

上班第一天，一对年轻人来办结婚证。

托尼看了看他们的申请，习惯性地问道："你们领证的目的是商业性的还是娱乐性的？"

122. 前提条件

在公司一向任劳任怨的老张，终于有一天鼓足勇气走进经理办公室说："经理，在公司这几年里，我一人干两个人的活，但工资却最低，这不公平，我要你给我加薪！"

"很好！我可以给你加薪，"说到这，经理顿了一下接着又说，"不过，我有个前提条件，你得说出为哪个人多干了活，我首先要把他辞退！"

123. 短处

一个商店正招聘员工，一个刚从学校毕业的年轻人前来应聘。

雇主问求职的年轻人："你吸烟吗？"

年轻人坚决地回答："不！"

"饮酒吗？"

"不！"

"好赌吗？"

"不！"

"爱玩吗？"

"不！"

"那么你一点短处也没有吗？"雇主惊奇地问。

"嗯，有的。我唯一的短处就是很喜欢撒谎。"

124. 军用品

一位军官太太第一次到军营探望丈夫，因忘了带换洗的衣服，只好穿着丈夫的军官服外出购物。

刚走到军营门口，站岗的哨兵便拦住了她，问：“你叫什么名字？为什么盗穿军用品？”

这位太太听了很不高兴，大声嚷着：“我盗穿军用品？你有没有搞错？我本身就是军用品！”

125. 推销新书

有个书商雇用了三个人为他推销一本新出版的小说，前两个能说会道，可第三个是口吃症患者。

第一天，第一人卖了8本，第二人卖了10本，第三人卖了28本。

第二天，第一人卖了32本，第二人卖了44本，第三人卖了78本。

书商觉得不解，就问第三个人：“你总是卖得比他们好，说说你的销售技巧。”

第三个人说：“我……我只是问……问……问他们，需……需不需要我……我……先……先为他们读……读……读……一段……”

126. 大实话

小魏很会说笑话，领导很喜欢他，请客人吃饭的时候，总是让他作陪。

席间，小魏插科打诨，不断抖出些笑料，掀起阵阵高潮。

有人说小魏不简单，一张巧嘴吃遍天下。

小魏说："在咱们单位，说真话，领导不喜欢；说假话，群众不喜欢；说笑话，大家都喜欢。"

127. 练习

汉斯回家后对妻子说："今天我像一头狮子一样冲进老板的办公室，用拳头狠狠地敲桌子，要求增加工资。"

"最后怎样了，他说什么？"妻子很关切。

"我只是练习一下，老板出去了。"汉斯回答。

128. 海军

小王报名参加海军，负责招兵的同志问他："你会游泳吗？"

小王一听紧张起来，说："难道海军的船不够用吗？"

129. 互开玩笑

电视台长与人事处长相遇，互开玩笑。

人事处长笑着说："你上班就上台，下班就下台。"

电视台长回敬道："你上班就办人事，下班就不办人事。"

130. 情人节贺卡

情人节前的一天，乔治在邮局里看到一个肥胖的中年人站在柜台前，把一枚枚"爱情"邮票贴在印满心型图案的粉红色信封上，然后他又拿出一瓶香水，把所有的信封都喷得香香的。

乔治按捺不住好奇心，就凑上前问："先生，你在寄什么？"

那个肥胖的中年人说："我要寄500张情人节贺卡，上面写'猜猜我是谁？'"

乔治问："你为什么要这么做呢？"

肥胖的中年人回答道："我是个专门办理离婚官司的律师。"

131. 抢着领导

新来的女秘书美丽迷人，两位主管决定亲自指导她工作。

"教导她该怎样不该怎样，是我们的责任。"主管甲说。

主管乙兴奋地说："对，你负责教导她该怎样，我负责教导她不该怎样。"

132. 斩客祖宗

几位朋友到酒家小酌，店堂里供的关公像引起了他们的议论。

甲问:“现在许多酒家饭店和商店为什么都供着关公?”

乙说:“关公是个福将,供他可以招福。”

丙说:“关公过五关斩六将是个勇将,供奉他商家可以消灾避难。”

丁说:“这个你们不懂了,开店做生意都会耍刀斩客,关公是舞大刀的祖宗,你们想想,不供他供谁……”

133. 老乔开店

老乔开了一个小饭店。

一天有个顾客还没有吃,就气呼呼地说:“你怎么做的,煎鸡蛋都快煎成黑炭了。”说完,甩袖就走了。

老乔愣了,望着煎鸡蛋自言自语道:“这怎么啦,我原来在火葬场工作时,哪一次不都烤成灰才罢休?”

话音刚落,饭店里的顾客已跑得一个也不剩。

134. 会办事

阿奔在厂办管后勤,老婆开导他:“你也学着会办事点。比如,领导要半斤茶叶,你就多给他二两;领导要一条毛巾,你就拿两条给他……给了也别吱声。”

于是,有一天,阿奔兴冲冲地回家汇报:“老婆,下周厂子打篮球，领导要双三十八码的鞋，我给他送去双四十码的！”

135. 我怎么知道

一天，有一个青年去汽车公司应聘。

公司经理说：“你先开车运行一段线路再说吧！”

那青年答应一声，就找到一辆双层车，在驾驶座上坐定后，问：“售票员呢？”

经理解释道：“这是一人承包的，司机得兼顾售票。”

半小时后，交通部门传来消息：有一辆双层车被撞坏。

经理匆匆赶到现场，见那青年在废墟旁站着，就问：“怎么会撞车的？”

那青年无奈地解释道：“我怎么知道？那时我正在上层卖票。”

136. 年终总结

一个航空公司总裁在看秘书送来的年终总结，上面说：“……去年，我公司发生两起航空事故，共死亡二百六十人……”总裁看到此十分不满，认为写得不够委婉，叫来秘书，责令他重写。

秘书苦思冥想，最后，将这一段改为：“……去年，共有二百六十名旅客乘坐我公司的客机，到天堂旅游……”

137. 目的何在

约翰发现自己的打印机近来打出的字越来越模糊，于是就打电话给修理店。

伙计很客气，说这只需清洗，又说清洗一次，该店要收费五十元，如果客人按照说明书自行清洗，就能省下这笔钱。

这伙计讲话这么老实，约翰甚感惊喜，随即又问道："您推掉送上门来的生意，老板知道吗？"

"先生，这正是老板的主意，"伙计显得有些不好意思，"鼓励顾客自行修理后，我们就可赚更高的修理费了！"

138. 巧治上司

一个开发公司的两名职员正在发牢骚。

甲说："经理真可恶，天天想办法整我们，今天他鼻青脸肿，一副狼狈相来上班，真是活该！"

乙说："果然不出我所料，今天终于挨了他老婆的整。"

甲问："你怎么知道他是挨了老婆的整？"

乙说："因为每次他无端指责我，我就寄张女人相片给他老婆。"

139. 释疑

班长晚上洗脚，脱掉袜子提起一看，说："奇怪，昨天数了一下三个洞，今天怎么变成两个啦？”

新兵小张忙凑上前去解释：“这很简单，一个破产了，被另一个兼并了。”

140. 复印件

主人在晚宴上致辞之后，很严厉地批评了秘书：“为什么把讲话稿写得那么长？听的人都有些不耐烦了！”

秘书答道：“我写的稿子并不长啊，不过，确实出了点差错：我一共给了您三份复印件。”

141. 饭店奇遇

一个身着毛料西装的中年汉子，正在一家豪华的大饭店里喝酒。

小张看到他，惊奇地问：“你不是昨天在我家门前要钱讨吃的吗？怎么今天来这里……”

乞丐坦然答道：“这有啥大惊小怪的，今天是公休嘛！来，兄弟敬你一杯，还望上班时多关照！”

142. 辩护

一个刚刚从学院毕业的年轻律师正在为他的第一个案子辩护，火车轧死了他当事人的二十四头猪。

为了使陪审团注意到当事人损失巨大，他强调说：“先生们，想想吧，二十四头猪，二十四，整整是我们陪审团人员的两倍哪！”

143. 职业本能

一个百货公司的售货小姐，当第一次谈恋爱、与男朋友初吻时，竟意乱情迷地问道：“您还要别的什么吗？”

144. 如此发票

一个当官的进入一公共厕所，门口工作人员递一给他一张手纸，并让他交三毛钱。

那个当官的有些不大情愿，交过钱后，问：“有没有发票？”

工作人员瞪他一眼，指着他手中的手纸，说：“那就是发票！”

145. 真相大白

经理到某部门询问刚调来的部门领导的工作情况。

职员回答说：“同事们上班打盹的现象已大为改善。”

经理问：“真的？他是怎样办到的？”

职员说：“因为他的鼾声太大，吵得大家无法入睡。”

146. 第一句话

两个化妆品推销员坐在一起。

其中一个问："你搞入户推销的成功秘诀是什么？"

"关键是你说的第一句话。"另一个人示范道，"每个家庭主妇开门后，我的第一句话是：'小姑娘，你妈妈在吗？'"

147. 拣小个

一天，一个鸡蛋贩子去批发鸡蛋，光拣小的拿。

批发商感到很惊奇，就问："你怎么光拣小个拿？"

鸡蛋贩子说："我在你这儿买是论斤秤的，回去卖却是论个数的。"

148. 天气预报

小庄乡开办了一个广播站，播音员是内招的副乡长的媳妇小高。

一天，小高有事，回到广播室晚了几分钟，误了省台的"天气预报"，小高急中生智，信口直播："现在插播天气预报，今天最高温度穿短裤，最低温度穿棉裤……"

149. 奉承

有个女职员一向对主任阿谀奉承，很得主任欢心。

主任得知她怀了孕，特地到办公室向她致贺。主任说："恭喜，恭喜。"

她忙回答："谢谢，全赖主任栽培。"

150. 经理

一人新提拔为经理，喜不自胜，于是告诉他的所有朋友。

一朋友说："经理有什么？现在连餐馆里卖豆浆的都是经理。"

这个人不信，就打电话到一个餐馆："请豆浆部经理接电话。"

接电话的人问："请问你找甜浆部经理，还是白浆部经理？"

151. 金笔坏了

顾客向金笔厂投诉："你们厂的金笔不出水。"

厂家回函："甩甩就出水了。"

过了一会儿，顾客再次向厂家投诉："一甩，笔尖就不见了……"

152. 补救

经理对出去办事回来的职员说："刚才两封信，都寄了吗？"

职员回答说："寄了，但是邮票贴错了，快件的贴了8角，普通的贴了 2 元。”

经理忙问道 :“有没有重新贴呢?”

职员回答 :“邮票拿不下来,所以我把里头的信给换了。”

153. 实话实说

一位求职者正在填写求职申请书,当他填到“阁下以前是否被捕过”时,他写了一个字“未”;接着一栏的问题是 :“原因”,他思忖片刻,断然写道 :“未曾失手。”

154. 爱听这句

某村村长滥用职权,欺压村民,村民们怨声载道,联名上告,最终那村长被捕入狱。

村民刘老汉从此每天下地时,见了村民就问 :“村长干啥去了?”

村里人告诉他 :“让警察抓去坐牢了!”

刘老汉天天如此,把村里人都问烦了,于是刘老汉再问时,村民便说 :“不是告诉你,他被抓起来了吗?咋还问?”

刘老汉嘴一咧笑着说 :“俺就爱听这句话!”

155. 面试

经理对应聘者说 :“我们公司对职员的素质要求很高,第一条就是要求整洁。顺便问一句,你进来的时候有没有在公司门口的蹭鞋垫上蹭一蹭你的鞋?”

应聘者答道:“蹭过了。”

经理说:“很好。我们公司对职员的第二条要求就是诚实。我顺便告诉你一句,我们公司的门口没有蹭鞋垫。”

156. 不破不立

律师太太很厌倦现在的居住环境,于是对丈夫说:“咱们的房子和家具的样式太陈旧了,该重新装修一下了。”

律师回答说:“你别急,我刚好接手了一件离婚案,男方是个有钱的大亨。等我拆散了他们家,就来装修咱们家。”

157. 果断回答

一位年轻军官想打个电话,但他没有零钱。

于是他拦住一位过路的老兵:“你手头有没有零钱?上士。”

“我给你找找看。”老兵伸手去掏他的钱包。

“你是这样回答少尉的吗?重来一遍。你手头有没有零钱?上士!”

“报告长官,没有!”老兵果断地答道。

158. 上下有别

美国军队有一条规定，军人一律不得蓄长发。而黑格将军担任北约部队总司令时，却蓄着长长的头发。

有一名被禁止蓄长发的美国士兵，看到画报上登载着长发的黑格将军像，便把它撕下来，贴在不许他留长发的连部办公室的门上。为了表示抗议，他还画了一个箭头，指着总司令的长发，写了一行字："请看他的头发！"

中尉看了这份别出心裁的"抗议书"，没有把这个愤愤不平的小兵喊来训斥一通，而是将那箭头延长，指向总司令的领章，也写了一行字："请看他的官阶！"

159. 敬礼的需要

艾特蒙德大学刚毕业就应征当兵，对军队的一套还不太熟悉。

有一天站岗时，他跑到小商店买了一块冰淇淋，然后在岗位上吃起来。

师长走过这里，大为光火，问他："你叫什么？"

"新兵艾特蒙德。"

"那你知道我是谁？"

"不知道。"

"我是师长。"

艾特蒙德一听，赶快把冰淇淋放在师长手里，说：“你拿一会儿，我腾出手向你敬礼。”

160. 官员

某局张局长突然接到一封加急电报。电文是：“母亲病危，父亲去世，望速归。”

看完后，张局长痛不欲生，边哭边在电报回单上签字。邮递员接过来一看，竟是“同意”两字。

161. 证据不足

检察官蚊帐里有两只蚊子，一只喝饱了肚子，一只肚子空空。

妻子让当检察官的丈夫打蚊子，丈夫出手不凡，一掌拍死了那只喝饱了血的蚊子，而对另一只却迟迟不下手。

妻子问他为什么不打，丈夫说：“证据不足。”

162. 合格

古玩店招聘售货员，一个年轻人前来应聘。

老板从地上捡起一小块木屑，把它放在红丝垫子上，问道：

“这是什么？”

“乾隆用过的牙签。”

“好极了，你现在就开始工作吧。”

163. 文凭

某厂长在全厂干部、职工大会上念秘书起草的讲稿时，把“已经取得文凭的和尚未取得文凭的干部职工”读成“已经取得文凭的和尚，未取得文凭的干部职工”，台下顿时哄堂大笑。

厂长见状双眼一瞪，大声吼道：“笑什么！你们这帮大懒虫，如今连和尚都有文凭了，难道你们还不应该好好学习？”

164. 不好意思

公司经理在每人的工资袋里夹一张说明：“您的工资数是您的个人秘密，请不要泄露给任何人。”

一位初来的职员数了数工资，皱着眉头在签名处写了一句话：“我决不会向任何人泄露，因为我和您一样，不好意思将这种收入讲出去。”

165. 加薪纪念

上班时间，老板巡视各处发现一名员工正在不务正业：“怎么，杜朗，你在上班时间喝酒？”

员工回答说：“对不起，老板，这是纪念我最后一次加薪二十周年。”

166. 国旗的象征

两个纳税人在一起聊天。他们一位是法国人，一位是美国人。

法国人说："我们的国旗很有意思，非常准确地表达了我们纳税人的思想感情——蓝色是我们得到的税收单据的颜色；白色是我们阅读税收单据时的表情；红色是我们缴纳赋税时气愤脸庞的象征。"

"哎哟！"美国人叫道，"我们的国旗更有意思，为了突出我们拿到税收单据时所承受的打击，我们在国旗上画了许多星星。"

167. 比尔理发

比尔是一家大公司的职员。他总是在办公时间出去理发，尽管他也知道这样做是违反公司规定的。

一天，当比尔又在理发时，公司的经理正巧也来理发。比尔想躲已来不及了。

经理说："你好，比尔，我看见你在办公时间理发。"

比尔镇静地回答："是的，先生。你看，我的头发都是在工作时间内长出来的。"

经理说："不是全部吧，其中一部分是在下班时间内长的。"

比尔很有礼貌地回答："是的，先生，你说得对极了。所以我只剃去一部分而不全部剃掉。”

168. 装糊涂

旅馆老板口试甲、乙、丙三位男性应征者。

老板问：“假如你无意中推开房门，看见女房客一丝不挂在淋浴，而她也看见你了，这时你怎么办？”

甲答：“说声‘对不起’，就关门退出。”

乙答：“说声‘对不起，小姐。’就关门退出。”

丙答：“说声‘对不起，先生。’就关门退出。”

结果，丙被录用了。

169. 扣奖金

听说汉斯又辞职了，他的朋友问他：“汉斯，你为什么辞去了军火厂的工作？”

汉斯回答道：“他们算得太精确了。上次在装火药的时候，火药爆炸了，我被炸飞到半空后才掉下来。厂方却扣了我的奖金，说我有六秒钟在空中没干活。”

170. 经理发火

公司经理到工厂里视察，看到一个青年工人伏在一堆箱子上打瞌睡，不禁勃然大怒，他快步走上前，一把拉醒了这个工人，劈头就问："你月薪多少？"

"一百元。"工人迷惑地答道。

经理掏出一百元钱甩给他，随即大吼一声："滚！"青年工人一愣，随即转身走了。

经理找到工头，责问道："你怎么雇这种人干活？"

工头委屈地说："他根本不在这儿工作，他只是来送快递的。"

171. 体面的办法

厂里正在开大会，有人突然嚷道："我放在会议桌上的手表不见了！"

厂长怕此事传开去影响厂里的声誉，于是出来打圆场，他把自己的提包放在门口那张桌子上，然后说："各位，我用一种体面的办法解决这个问题。现在熄灯五分钟，大家挨个从这里走出去，请那个偷表的人，把那只表放在门口我的手提包里。"

五分钟后，电灯亮了，手表不但没有出现，反而连厂长的手提包也不翼而飞了。

172. 为什么不笑

工厂老板史密斯先生讲了一个压根儿也不使人发笑的笑话。大家都捧腹大笑起来，只有一个年轻人没笑。

"你为什么不笑?"老板问。

"我用不着笑了,先生。上午你已经把我解雇了啊!"

173. 大家别吵了

一个主任做报告,台下一片嗡嗡之声,压过主任的嗓门。

主任不悦,正欲发火,忽然听众中有个青年站起,吼道:"大家别吵了!"会场顿时静了下来。

主任心中颇为感动:毕竟有知音啊,这时,那青年接着道:"你们这么吵,把我都给吵醒了!"

174. 防风蜡烛

在一家杂货里,顾客对售货员说:"售货员同志,请给我一支蜡烛。"

售货员为了推销蜡烛说:"多买几支吧,这是进口的高级防风蜡烛。"

顾客听后说:"什么?防风的?那一支也不要!我怕吹不灭它呀!"

175. 聪明的顾客

一家商店里卖电火锅,货架上只摆着一只。

顾客问:"营业员同志,再拿几只让我挑一挑。"

营业员回答："就这一只。"

顾客说："我要买十几只呢。"

营业员见是个大客户，赶忙从柜台底下拿出一箱来。顾客从中挑选了一会，选了一只。

营业员问："你不是说要十几只吗？"

顾客反问道："你不是说就这一只吗？"

176. 在眼镜店里

眼镜店里，一位顾客对服务员说："喂，服务员同志，那近视眼镜多少钱一副？"

服务员不耐烦地说："那上面不是写着价钱吗？"

顾客说："我眼睛近视，看不清楚。"

服务员说："看不清楚？买一副不就看得清楚啦！"

177. 献计

一对夫妇正在瓷器店挑选瓷器，忽然店主悄悄把丈夫拉到一边，低语道："小伙子，买那套最名贵的吧，那么华美的瓷器，以后你们家客人走了，你妻子肯定不会放心叫你洗碗的。"

178. 换大衣

在时装店里。

一名顾客对营业员说："我想把昨天在你们这里买的这件大衣换一换，因为我的妻子不喜欢。"

营业员回答说："要知道，这可是当前最流行的大衣！先生，如果你不介意的话，我倒建议您把妻子换一换。"

179. 如此求职

一个姑娘走进一家大公司的经理部，问："你们要女秘书吗？"

"我们倒很愿意录用您，小姐，可是眼下经济危机，没活儿干。"

"有没有活干我倒不计较，只要有工资就行！"

180. 推销商品

店老板教新来的小伙计做生意的诀窍："顾客是我们的上帝，绝不能因为店中没有顾客的商品就白白让他空手回去。一个好商人他必定会用其他代替品卖给顾客。"

过了几天，小伙计接待一位阔太太："太太，您要什么？"

"我要买卫生纸。"

"很抱歉，不巧刚刚卖完了。"这时小伙计想起老板的告诫，赶紧又热情地补充道，"尊敬的太太，卫生纸是卖完了……但，上等的砂纸要不要？"

181. 如此次品

一位中年妇女新买了电视机。

第一天她看的是足球，第二天看的是橄榄球。

中年妇女来到商店说："你们卖给我的是台次品。第一天看到的球是圆的，第二天看到的却变成了扁的了。"

182. 存钱

一对新婚夫妇正在为存款的事情争吵不休。

"婚前你说你那儿有的是存款，对不对？"妻子厉声问道。

丈夫平静地回答："对。我现在还这么说。你也知道，我在银行工作。"

183. 又未打中

新兵皮特在实弹射击中，打了九发子弹，结果一发也没打中。

他的长官走过来训斥他说："皮特，你是一点点希望也没有了，别浪费最后一发子弹了，还是到墙后把自己打死得了！"

皮特丧气地向墙后走去。过了一会，传来一声枪响。长官大吃一惊："天啊！这个蠢家伙真把自己打死了。"

他拔腿跑到墙后，只见皮特倒在地上说："对不起，长官，我又没打中。"

184. 逃就是追

军官责问士兵："你们见了敌人怎么就往回跑？说不出理由，我枪毙你们。"

士兵们回答："因为你知道地球是圆的，所以我们想跑到敌人后面去打击他们。"

185. 刷锅水

苏亚雷斯将军非常关心战士的生活。

一天他跑到厨房，想亲自尝一下战士吃的饭菜。

他走到汤锅前说："给我一勺。"

一个士官小心翼翼地说："但是，将军……"

"闭嘴。"他打断了那个士官，抄起勺子，一连喝了好几勺。

最后他叫道："这哪是什么汤，简直是刷锅水！"大家都愣在那，不知所措。

最后那个士官嗫嚅着说："对，将军，这就是刷锅水。"

186. 非常需要

汤姆到一家公共汽车公司找工作，他问公司经理："这里需要司机吗？"

"不需要。"

"需要修理工吗？"

“不需要。”

“需要售票员吗？”

“不需要。”

“唉，看来我只得重新乘车回去了。”汤姆沮丧地说。

“不……需要、需要！这里非常需要你乘车。”公司经理马上站起来热情地说。

187. 装炸弹

安格斯退役后，见报上有一则某饮料瓶公司招用铲车司机的广告，便前去应聘。

一位领班对他说：“工作时要细心，千万不要弄破饮料瓶，这一点十分重要。”

安格斯说：“我在海军里服过役，我开过叉车，那活可不许出半点差错。”

领班问：“你开叉车装卸什么？”

安格斯答道：“炸弹。”

“好家伙！”领班叫道，“你被录用了！”

188. 皆有可能

巴黎有个乞丐走进一家小店铺。店主正在做收支平衡结算，他让乞丐等一会。

乞丐等了很久,终于忍不住问道:“我已经等了半个钟头了,我还要站多久?”

店主说:“请再稍等片刻,马上就要结算完了,很可能咱俩要一道去乞讨。”

189. 警察与司机

交通警察站在一辆汽车旁,对司机说:“这条街道上的车辆只能单向行驶,我要对你处以罚款。”

“那么,我现在就把车掉头。”

“这里禁止掉头。”

“那我就把车停在这里。”

“这里严禁停车。”

“那么,您出个价吧,如果不低,这辆车就归您了。”

190. 迟早

一个青年骑着车子到岗亭时,突然红灯亮了,因车子刹车不灵,冲过警戒线。

民警威严地走上前来,掏出本子说:“罚款两元。”

青年不情愿地掏出两块钱,塞到民警手中,嘴里嘟哝道:“神气什么,你迟早要落到我的手中。”一边说一边推车就走。

“站住!”民警大喝一声,“你是哪个单位的?”

青年站住，掏出工作证，民警打开一看，工作单位栏中写着：火葬场。

191. 你认识比尔吗

警察拦住了一辆违章行驶的小轿车并取出罚款单。

司机傲慢地对警察说：“先生，在你提笔之前，我想，你应该知道，我认识市长怀特先生，他是我爸爸的朋友。”

警察没有理他，掏出笔埋头在罚款单上写着。

司机又说：“我还认识警察局长约翰逊先生，他是我朋友的爸爸。”

警察继续写着。“你还应该知道，我认识……”警察一边把罚款单递给他，一边礼貌地打断了他的话：“请你告诉我，先生，你认识比尔吗？”

“哦，比尔？不认识。我干嘛要认识他？”

“我想，你也应该认识一下——比尔。他就是站在你面前给你递罚款单的人。”

192. 振振有词

一位交通警察拦住一位驾飞车的年轻人，喝道：“你难道没看见路边的‘限速行驶’的标志？”

年轻人从汽车前窗探出脑袋，振振有词地反问：“你说什么？限速标志？车开得这么快，叫我怎么看得清楚？”

193. 赃物来源

警察指着从小偷身上搜出来的赃物，说：“这些东西是从哪里来的？”

小偷怯生生地答道：“是从我身上搜出来的。”

194. 报警

一天深夜，值勤的警官罗伯特接到一个报警电话。

打电话的人自称在第十三街区，他从夜总会出来后，发觉自己车里的方向盘、刹车、加速器等等都让小偷给卸去了。

罗伯特立刻表示马上前往出事地点。

就在他开动巡逻车准备出发的瞬间，电话铃又响了起来。

罗伯特只好下车再次拿起电话筒。打电话的仍是刚才那位报警的：“实在对不起，先生，用不着来了。我是用车内电话打的，我喝多了，刚才一阵冷风吹来，我才发现自己原来是坐在车内的第二排。”

195. 不是饭桶

警官对四个工作不利的下属十分不满。

一次他们又再次让罪犯逃脱。

警官火冒三丈："你们四个人还抓不住一个罪犯，真是饭桶！"

警察说："长官，我们不是饭桶。虽然罪犯跑了，但我们想法把他的指纹带回来了。"

警官问："在哪儿？"

警察说："在我们脸上。"

196. 发表

一位青年拿着一篇退回的作品来问杂志编辑："编辑，我这篇作品为啥不能发表？"

"您这篇作品还不成熟，很幼稚。"编辑对青年说。

青年一听，高兴地说："那就作为儿童文学发表吧！"

197. 职业信仰

宴会上，两位有身份的先生正在交谈。

其中一位说："我对别人说的话，只相信一半。"

"为什么？"

"因为我是律师。"这位先生回答道。

另一位先生说："可是我却加倍相信别人说的话。"

"这又是为什么？"

"因为我是税务官员。"另一位先生回答。

198. 利润

甲乙两人是生意上的合作伙伴，但甲始终有一件事情弄不明白。

一天他问乙："你们厂生产的录音机，成本是二百元，售价也是二百元，那么利润从何而来？"

乙回答说："从修理中来。"

199. 你为什么雇他

顾客都对他们社区银行的出纳的长相极不满意，遇到行长便问："你怎么雇用那人当出纳员？他斜眼，长着个歪鼻子，还有两只招风耳。"

行长很得意地回答："当然啦，如果他潜逃，会很容易被认出来的。"

200. 放大喇叭声

一个人因为汽车刹车的问题去修理厂修理了多次。

汽车修理员对汽车主人说："我实在没办法将你的刹车修好，所以急中生智，我把喇叭的声音加大了。"

201. 都一样

威尔刚被分配到建筑工地，他站在七十层高的楼上干活感到很是害怕。

他悄悄地问旁边的工人："在这么高处干活，你紧张吗？"

工人回答："这有什么可紧张的！"

威尔羡慕地说："真运气，你竟不害怕？"

工人笑笑说："没什么，过了头三层，从哪层摔下去结果都是一样的。"

202. 什么坏了

一位女议员在议会大厅的楼梯上不小心摔倒了，正好遇到总统，总统便将她扶起来，她感激地说："总统先生，要我怎样感谢您呢？"

"下次表决时投我一票就好了。"

女议员赶忙说："哦，总统先生，我摔坏的是膝盖，可不是脑子。"

203. 改戏

有一个年轻的女演员，她觉得自己在一部电视剧里的戏份太少，忍不住向导演抱怨："我对我出演的角色有意见！戏到结尾时我才出场，手里拎着一只皮箱，默默走过舞台。这戏份太轻了！"

导演听了，很诚恳地说："你说得有道理，明天演出时，让你手里拎两只皮箱。”

204. 马上就写

有一天，王大爷去商店买食品，他拿起一个面包，可是怎么也找不到生产日期，于是问售货员：“这面包怎么没有生产日期啊？”

售货员过来找了一会儿，也没有找到，便拿起笔说：“不用担心，我马上就给你写上。”

205. 失误

杂货店开张第一天，老板就收到了一束鲜花，当他看到夹在花中的卡片时，顿时惊呆了，只见卡片上写着“深表同情”。

他看了半天，没弄明白这是怎么回事。

这时，花店老板打来电话，为放错卡片而道歉。

杂货店老板说：“我也是商人，发生这种情况，我可以理解。”

“但是，我把应该送给你的卡片送到了别人的葬礼上。”

“哦，卡片上都写了什么？”杂货店老板问。

“祝贺你乔迁新址！”花店老板回答。

206. 是真事

主任把一份材料递给局长看，局长问："这内容是真的吗？"

主任拍着胸膛大声说："肯定是真的！"

局长疑惑地问："你怎么知道？"

主任斩钉截铁地说："因为是传真机传过来的呗！"

207. 职业习惯

放学后，小明来到妈妈的鞋店，只见他蹦蹦跳跳地跑到妈妈身边，兴奋地说："妈妈，我们班今天转来一个新同学呢！"

"哦，是吗？"妈妈一边整理货架上的鞋，一边心不在焉地问，"那，是男式的还是女式的？"

208. 速度真快

汤姆先生走进警署，紧张地对警长说："警长先生，昨天我曾到这里报案，报告我失窃了一件贵重的珠宝，可是今天早上起来，我发现东西并没有丢，所以请你们不必再调查了。"

警长皱着眉头说："哎呀，你为什么不早一点来告诉我们？今天早上我们已经把贼抓到了，而且法官已经判了他的罪呢！"

209. 有创意的囚徒

乔治在卢里银行干了10年，仍然是个职员。他对这个职务不满意,决定跳槽,但在找到新工作前他又不想丢掉现在的职位,于是他写了一封求职信。

信的上端用大写字母写道:“救命,我是卢里银行的囚徒,快救救我!”然后他把这信寄给几家大公司。

有位收到求职信的老板是卢里银行行长的朋友,便把这封信交给了卢里银行行长。行长马上把乔治叫到自己办公室,对他说:“亲爱的乔治,我这儿有你的好消息,卢里银行决定释放你!”

210. 不用翻译

某厂厂长在和外商谈判。

谈话中,外商鼻子发痒,打了个喷嚏,恰巧身边的翻译鼻子发痒,也跟着打了个喷嚏。

厂长不高兴地对翻译说:“这不用翻译,我们听得懂。”

211. 烦人的会议

天都黑了,街上的路灯都亮了,可烦人的会议仍然没有结束的意思。这时一个中年妇女站了起来,请求主席允许她提前离开,因为她要去幼儿园接孩子。

中年妇女离开不久,一个年轻姑娘又站了起来,她同样请求提前离开。

主席问："您，也有孩子吗？"

年轻姑娘说："没有。但是如果每天都这样开会，我永远也不会有孩子。"

212. 执迷不悟

一位牧师来到即将被正法的犯人跟前说："我来告诉你一些上帝的话。"

犯人毫不客气地说："我不需要你，再过一会儿，我就要直接见到他老人家了。"

213. 建议

小王上班总是懒懒散散、没精打采的。

有一天，经理把他叫到办公室，说："我不知道你的婚姻状况如何，但是我对你只有一个建议：如果你是单身，就请尽快结婚；如果你结婚了，就请赶快离婚！"

214. 幻想小说

一位男读者问书店的女营业员："请问您这里有没有《男人永远征服女人》这本书？"

女售书员白了他一眼回答道："到幻想小说专柜去问问。"

215. 心理战

闹市中一家妇女用品商店门口，堆了一大堆散乱的货品，女顾客翻来翻去，如获至宝地找出她们需用的物品。

有人问老板，何不把商品堆叠整齐。

老板回答："你以为我疯了？如果我把店面用品都弄整齐，那些女顾客就不会对这些用品发生兴趣了。"

216. 求职

李强到一家大公司求职。

人力资源部的人对他进行了简短的面试："你有什么特别喜欢做的工作？"

求职的人说："如果可能，我愿意参加董事会。"

"你发疯了吗？"人力资源部的人大惊。

"什么，发疯是做董事的必备条件吗？"

217. 齐步走

士兵们正在操场进行队列训练。在指挥官的口令下，他们已经走了一个小时，又热又累，都想休息一下。

这时，他们又排成横队朝着一幢房子笔直走去。他们意识到，指挥官已没工夫再发口令停下，不约而同地想到会撞到墙上。但军人以服从命令为天职，士兵们便勇敢地朝墙走去。

霎时间，只听见接二连三传来碰撞声。

他们正准备大笑一下，突然传来一声生气的吼声："如果你们步伐一致，撞到墙上，我应该只听到一个声音！"

218. 推销

一个没有经验的房地产推销员问他的老板，是否可以给一个恼怒的顾客退款，这个顾客发现他买的一块地在水下。

老板骂道："哪有像你这样的推销员？去说服他并卖给他一条船。"

219. 妙答

一名游击队员正在给孩子们讲战斗的故事。

他忽然向一个十二岁男孩提出问题："科诺普卡，假如你是游击队的指挥员，为了不让敌人使用铁路，游击队应该采取什么行动？"

科诺普卡站起来大声回答："必须迅速占领售票处，并烧毁全部车票！"

220. 心里话

有个士兵喝醉了酒，回到营房。

值班的中尉把他叫去训话，向他历数了喝酒的种种害处：

“假如你不喝酒，说不定现在已经当上少尉了，难道你不喜欢提升吗？”

那个士兵回答说：“说实在的，我一杯酒下肚后，就觉得自己已经当上上尉了。”

221. 售后服务

家里的冰箱坏了，于是打电话给指定的维修部。

接电话的值班人员说：“这个星期没有人能替你修冰箱，因为我们公司的人全部去了研讨班，学习怎样提高业务水平，研究如何改善服务质量的问题。”

222. 顾客

一个顾客气愤地跑进裁缝店，指着店主给他设计的时装说：“瞧瞧你给我设计的衣服，刚才我站在街道拐角打哈欠，两个人把信塞进了我嘴里！”

223. 捷径

山姆大叔去商店买东西，发现忘带钱夹了，身上只有几枚硬币。他想往家里打个电话，售货员要求他另加二十五美分的电话费。

“还要二十五美分！”山姆大叔喊道，“我家离这儿很近，我从这儿扔块石头就能扔到家。”

售货员平静地回答：“既然这样，先生，我建议你在石头上拴个便条。”

224. 得来不易

被告人向他的辩护律师许诺说：“如果你有本事使我可以只蹲半年监狱，那么你将得到额外的一千块钱酬金。”

被告人终于如愿以偿。律师一边收钱一边说：“这可真是棘手的活，本来法官们想判无罪释放。”

225. 一点要求

经理与一位打扮入时的妙龄女郎谈过后，决定录用她当女秘书。

经理对她说：“我相信你一定很称职，不过有一点，你可以给我一张特别难看的照片，让我太太看看吗？”

226. 童衫

母亲为孩子买了一件童衫，发现越洗越大，便去找商店老板评理。

店老板满脸堆笑地说：“我们店出售的童装，是能和孩子一起长大的。”

227. 糊涂司机

一个司机因为喝醉被警方拘留，为司机辩护的律师说："你认定我的当事人喝醉了吗？"

警察说："噢，他在路面施工现场掘坑处的红灯面前，坐在汽车里等绿灯亮，一直等了三个小时。"

228. 审讯

法庭上，法官在询问被告："被告，请说出你的职业？"

"杂技团空中飞人节目的演员。"被告回答。

法官赶忙面对听众席说："请坐在窗户旁边的先生，赶快把窗户关上。"

229. 时代不同

年轻的海军见习军官向战舰舰长报到。

舰长是个从最低层干起、说话粗鲁的老头子，他说："小伙子，你父母也和多数人一样，想把家里最没出息的傻小子送到海上来见识一下吧？"

"不是的，长官，"见习军官恭谨地答道，"现在的情况跟你们那个年代不一样了。"

230. 甚至可以

巴黎德特尔广场一家鲜花店生意兴隆，原因是老板想出了一则精彩的广告：

“今日本店的玫瑰售价最为低廉，甚至可以买几朵送给太太。”

231. 棘手问题

海军上尉布姆卡特是英俊倜傥的士兵，他令姑娘们倾心，为此他有许多女朋友。

有一天，当他读完一封信后，脸色骤变，他的伙伴问他：“出什么事了？”

上尉哭丧着脸说：“有位父亲警告我说，如果再和他的女儿来往，他就要开枪把我打死。”

“那你就和这位姑娘断绝关系。”他的伙伴说。

“问题是，这位先生的签名太潦草，实在看不清，所以，我就根本不知道究竟是哪个女孩。”

232. 退货

一个食品商收到顾客退回的一磅糖，另附一张纸条，上写道：“作为食用，沙子太多；盖房子用吧，沙子又太少。”

233. 有好处

有一位职员生性懒惰，上班时到处闲逛，把老板惹火了。

“我从来没有见过像你这样懒的人，你一个月都做不满一天的工作。”老板怒气冲冲地说，“你自己想一想，公司雇你这样的人有什么好处？”

职员低头想了一会儿，回答说：“当我去度假时，不需要别人来顶替我的工作。”

234. 要做什么人

威尔逊夫妇决定做个小试验，看看儿子长大后会成为什么样的人。

他们在桌上放了三样东西：一张十元的钞票——代表商人；一本崭新的《圣经》——代表教士；还有一瓶威士忌——代表二流子。

然后，他们躲在窗帘后偷看。

儿子吹着口哨进来了，一眼看见桌上的东西，连忙四下张望，证实室内无人后，随即敏捷地一把抄起三样东西，把钱塞进口袋，把酒瓶掖在胳肢窝下，两手捧着《圣经》，一边翻看着，一边吹着口哨走了。

威尔逊先生不禁惊呼：“天哪！他要做政客了！”

235. 合适

一位贵妇走进书店，对店员说："我和我家老先生已结婚五十年，我想买一本书送给他做纪念，你看哪一本对他最合适？"

店员转身从书架上抽出一本书递给贵妇，书名是：《半世纪的艰苦奋斗史》。

236. 白发和黑发

一个刚刚步入不惑之年的人总是为头上出现白发而不安。

有一天，他的女秘书来到他的办公室，让他签署文件，女秘书站在一旁等着。他突然意识到，女秘书一定在看他头上的白发。

"你在看我头上的白发吗？"他略带不满地说。

女秘书回答道："不，先生，我只是在数你的黑发。"

237. 宣誓之后

审判即将开始，在审讯之前，法官问证人："你知道宣誓之后应该怎么做吗？"

证人答道："我知道，一旦宣誓之后，不论我说的是真或假，都应该坚持到底！"

238. 拿来喂猪

台湾屏东盛产木瓜，老王装了一大篓，带到台北，送给爱吃木瓜的上司作礼物。

上司很高兴，但推辞道："让你花钱，真不好意思！"

见取悦上司的目的达到，老王心花怒放说走了嘴："哪里，便宜货，在屏东我们拿它喂猪。"

239. 忏悔

有一个人，被心里的秘密搅得坐立不安，实在憋不住了。在忏悔室里，他承认，好几年来，他经常从工作的堆木场偷建筑材料。

"你拿了多少？"教区牧师问他。

"我自己可以盖间房，儿子和两个女儿盖房子也足够了。我们还要在湖边造个小别墅。"这个人如实地回答。

"罪孽深重啊！"牧师想了想说，"我得考虑一个影响大的赎罪苦行。你以前盖过静修所吗？"

这个人回答："没有，神父。不过，如果您能定出个计划，我倒可以搞到木料。"

240. 勇敢的消防队

油井失火，公司经理叫来了消防队，可是由于火势太大，消防队员无法靠近，只能在两千英尺以外的区域活动。

公司管理员请的一支业余消防队这时也赶到了，破旧的消防车突突突突，一直开到离大火五十英尺处才停车。消防队员一下车就抓起水枪，动手救火，迅速把火扑灭了。

公司经理给这支业余消防队发了两千元奖金。

有人问那队长，两千元如何安排？队长不假思索地回答说："首先要办的是把消防车的刹车修好。真他妈的见鬼，差点把十几个人送到火里去！"

241. 善辩的司机

一个司机因为超速行驶被警察拦在了路上，于是司机对警察说："警官，这回就让我过去吧，我们生活在这个行星上，它以每小时一千英里的速度自转的同时，还以每小时六万六千英里的速度绕着太阳转。而且太阳还以每小时上百万英里的速度绕银河转。你怎么好因为我在限速三十英里的区域内行驶三十五英里而给我一张罚款条？"

242. 冤枉的犯人

法庭上，法官正在审问嫌疑犯。

法官说："你现在还想抵赖，许多证人都说那天晚上看见你在地里偷瓜。"

嫌疑犯辩解道："大人，冤枉啊！他们尽是胡说。那天晚上没有月光，地里一片漆黑，他们根本不可能看见我。"

243. 判别有据

一天，一个男子想用他的驾驶执照、工会会员证和两张汽油信用卡证明自己的身份从银行取钱。

但是银行的出纳拒绝付款，并且说："这些东西并不能证明什么，天晓得它们是不是偷来的。"

无奈，男子从袋里掏出唯一可找到的一张牧师写的纸条，上面写着几句感谢他做了一个月的主日学校代课老师的话。

"这倒可以。"出纳说。

男子问道："为什么？这也可能是我偷来的呢！"

出纳慢腾腾地说："不，你是不会偷这玩意儿的。"

244. 三十年之经验

邮局职员告诉总经理："这是米勒先生，他在邮政局已干了三十年，现在想退休。"

总经理看了一眼自己的老员工说："哦，米勒先生，您在我们这儿三十年里都学会了什么？"

米勒回答道："请您不要通过邮局给我寄来退休金。"

245. 吵架

一个男人惴惴不安地走进一间酒吧。对酒吧女郎说："在吵架之前，给我来一杯可可！"酒吧女郎慌忙递给他一杯。

"吵架之前，再来一杯！"男人喝完后又接着说。

接着又一杯。就这样十分钟过去了，酒吧女郎好奇地问道："可是，你说的那个吵架什么的是怎么一回事？究竟什么时候开始？"

男人回答说："马上就开始！因为我没有钱付账。"

246. 声东击西

一个职员向经理递交了一份申请，要请一天假帮助妻子打扫房间。

经理认真地研究了申请，果断地回答他："不行。"

"太谢谢了，经理先生！"职员高兴地喊道，"我就知道您会在困难的时候援救我的。"

247. 预先声明

一位学者到大学演讲，预先声明不会讲得太久。

他解释道："有位牧师长篇大论地布道，忽然停下来责备听众：'你们看表，想知道是什么时候了，我倒不在乎，但是别把表拿到耳边听听还走不走，那我可受不了。'我不愿碰到同样的情况。”

248. 方法各异

产品销售会上，销售额极其令人沮丧，经理就对我们售卖职员训斥道：“我已经看够听够了你们拙劣的工作水平和由头。如果你们无法胜任这项工作，会有人替代你们，卖出这些你们每个人都应引以为荣的有价值的产品。”

然后，他指着新雇员——一名退役足球队员说道：“如果一支足球队赢不了，会怎么样？队员们都得被撤换掉，不是吗？！”

几秒钟沉默后，这名前足球队员回答道：“实际上，先生，如果整个队都有麻烦的话，我们通常只是换个新教练。”

249. 全家的庆祝

新兵在十三个星期的基本训练期中，睡的是硬地，吃的是军粮，因此训练一完毕，便急着想回家，好睡干净的床褥，吃母亲做的饭。

到家的那一天，全家人热烈迎接他。他母亲更是兴高采烈地说：“我们已经准备好全家去露营，为你庆祝！”

250. 吃掉国土

一位长官到连队巡查，正赶上士兵们吃中午饭。

“伙食怎么样？”长官问。

“报告长官，汤里泥土太多。”士兵答。

长官斥责道：“你们入伍是为了保卫国土，而不是挑剔伙食，难道不懂？”

士兵毕恭毕敬地立正，又斩钉截铁地说：“懂，但绝不是让我们吃掉国土。”

251. 奇怪的汽车

巡逻警察发现有辆汽车每跑十米左右就要上下颠簸一下。

于是，他发动摩托追上去截住了那辆车：“您的车怎么啦？”

司机满脸惶恐：“没，没什么，巡逻官先生，我，我老打嗝。”

252. 威胁

邮递员为了要划船去把一张生日卡送交给灯塔管理人，心里很不高兴。

于是灯塔管理人威胁说：“如果你再嘀嘀咕咕，我就要订阅日报了。”

253. 咨询

一个顾客因与他的邻居发生纠纷向律师咨询，最后他问律师是否愿意负责这件事儿。

只听律师爽快地回答道："当然了，我们肯定会赢。"

"那么，您真的认为我的理由很充分吗？"顾客再次问道。

"毫无疑问，我向你保证我们可以打赢这场官司。"律师非常自信地说。

"谢谢你，尊敬的律师先生，我现在决定不再去打这场官司了，因为我刚才向您陈述的是我对手的情况。"

254. 巧合

一天上午，一位送报者因超速开车而被警察叫住。

他怀着侥幸心理对警察说："您瞧，我正忙着找一个人，把最后一份报纸送给他。"

警察笑着说："太巧了，我也在找一个人，把最后一张罚款单送给他。"

255. 调价

弗里茨在店门外大声叫卖："每斤土豆七十五芬尼，最后一天了，明天开始调价……"

他的叫卖声吸引来很多顾客，排起了长龙等着买土豆。

弗里茨太太悄悄地问丈夫："明天调价多少？"

"六十五芬尼一斤。"弗里茨回答。

256. 干脆直说

朱丽亚任教的一个幼儿班里，孩子们正学习使用计算机，且已经到了用打字回答问题的程度。

朱丽亚注意到有个孩子摆出一副弄不清的样子，就走到他桌边说："计算机问你叫什么名字呢。"

等朱丽亚走开的时候，只听孩子对计算机讲悄悄话道："我的名字叫米歇尔。"

257. 宽恕

海涅在临终时，一位友善的牧师为他祈祷，并提醒他说，上帝是仁慈的，希望上帝能宽恕他。

海涅回答说："他当然会宽恕我，他就是吃这碗饭的。"

258. 泄露消息

有个牧师病了，临时请了一位以没完没了的讲道而闻名的牧师来代替他。

当他在讲坛上站定，发现包括唱诗班在内一共只来了十位信徒，心中颇为恼怒。

事后他向那教堂执事抱怨说："来的人太少了。难道事先没有通知说我要来么？"

那执事非常无辜地回答说："没有。可能是消息泄露出去了。”

259. 喜欢的颜色

有一个女孩，刚考到驾驶执照，第一次上路，结果车在一个红绿灯处熄火。

由于是单行道，后面来的车越来越多，但是女孩的车子始终开不了，红绿灯再次由红变绿，后面的车越多女孩越紧张，越紧张，就越开不了。

这时，一位警察来到了女孩身边，和颜悦色地问道：“小姐，还没等到你喜欢的颜色吗？”

260. 外国驾驶员

警察拦了一辆超速行驶的汽车，发现驾驶员是位外国人，便掏出个本子问他：“你叫什么名字？”

外国人答道：“我叫撒迪尔斯……卡里索尔斯汤姆……得未特拉尔斯……”

警察犹豫了一会儿，自言自语道：“名字怎么这么长？”然后摆了摆手中的罚单，“算了，以后别再超速了。”

261. 新式口令

这一天，一个团的士兵在长官的带领下执行一项任务，他们来到了一条大河边。

这个团里有好多新兵，团长看着眼前的大河，又望了望士兵们，他实在想不出一个合适的词语来命令新兵们冲过河去，正在苦恼之际，突然灵机一动，他命令："全体解散，两分钟后在河对岸集合！"

262. 何时走人

一个公司新上任的经理第一次做年度计划报告，只见他打开讲稿，滔滔不绝地念起来，从一月如何，二月怎样，一直念到十二月，待他口干舌燥时，低头一看，台下空无一人了。

经理生气地问秘书："什么时候人都走光了？"

秘书想了想，回答道："从二月开始行动，到七月底就没人了。"

263. 起名字

几个朋友在筹办一家网络公司，为起什么名字大家争论起来。

"就叫'想象力'吧，这名字时髦。"一个人提议道。

大家齐声喝彩。

不料，另一个人冷静地说："不行，如用这个名字的话，我们公司就成了'想象力有限公司'了。既然想象力有限，那这个公司还开得下去吗？”

264. 特长

约翰看了游泳池招聘救生员的广告后前去报名。

游泳池的老板问约翰：“你有救生经验吗？”约翰摇摇头。

老板追问道：“那你有什么特长？”

约翰回答说：“我人特别长，游泳池水深 2.1 米，我身高 2.17 米。”

265. 汽车故障

有个汽车修理师接到一份修理通知单，上面写道：“检查该汽车为什么会在转弯时发出‘咔嗒’声。”

他对这辆汽车进行常规检查，很长时间过去了，也没有找到毛病。

他想了想，便开着汽车，到街道上进行行驶测试，向右转弯时，果然听到一声“咔嗒”声；接着，他又向左转了一个弯，又听到一声“咔嗒”声。

回到修理店，他打开汽车的后备厢，恍然大悟。

他将那张修理单退了回去，服务部经理一看，忍不住笑了，单子上写着：“把保龄球从后备厢拿走。”

266. 迟到的原因

一位职员上班迟到了，经理问他迟到的原因。

职员解释说："都怪我刷牙时间用得太多了。"

经理不解，就问："不会吧，你用了多长时间？"

"一小时零三分钟。我一紧张，把牙膏多挤了十几厘米，等我把它再收回去，竟费了一个小时。"

267. 节省靶纸

一个士兵入伍后已经打了三次靶。

第四次打靶，班长发给他靶纸时，他说："我不要了。"

班长奇怪地问："为什么？"

士兵说："你还是让我用原来的二号靶台就行了。"

班长说："那也得贴靶纸呀！"

士兵解释道："不用贴，原来那张靶纸一个洞也没有呢！"

268. 应付自如

总经理对他的女秘书吩咐道："如果有一个叫玛丽的姑娘打来电话，请转告她，我去服装店为她买的皮大衣付款去了；如果服装店打来电话，请告诉他们，我到银行提款去了；如果银行打来电话，请告诉银行，我和会计一同办支票手续去了；如果会计那里打来电话，你就说我去董事会出席一个紧急会议；如果董事会找我,你就说我夫人有急事找我,我不得不离开;如果我夫人打来电话,请告诉她,我已外出,愿上帝保佑她。”

女秘书问:“如果是上帝找您,就对他说,您马上就去吗?”

269. 领导的要求

一位领导到一所重点高中检查工作,听了校长的汇报后,他说:“2006 年你们升学率达到了 95%,我是满意的,2007 年要达到 100%。”

校长听了再也坐不住了,他问:“老领导,那你说 2008 年我们怎么办呢?”

领导斩钉截铁地做出了指示:“一半学生考入北大,一半学生考入清华!”

270. 第一次

刑场上,第一次行刑的刽子手哆嗦着对死囚说:“大哥,请你把头放好一点,我这可是第一次。”

“可恶,你以为我这是第二次吗?”死囚答道。

271. 幸亏是旧的

小王走进一家瓷器店,一不小心把一只花瓶给打碎了。

店主号啕大哭:“哎呀,你怎么把我两百多年的花瓶弄碎了？”

“唉，”小王长吁一口气，“幸亏是个旧的！”

272. 痛苦的事

两个上班族散步，甲问：“世界上最痛苦的事情是什么？”

乙说：“上班！”

甲又问：“还有更痛苦的吗？”乙沉吟半晌说：“天天上班。”

甲继续问：“有再痛苦的吗？”乙两眼一瞪：“加班。”

甲还问：“那再再痛苦的呢？”乙急了：“那就是白加班！”

273. 误会

饭堂门口，刚吃完饭的教官掏出一盒火柴，士兵杰克见状立马拿出自己的名牌打火机递过去。

教官大怒：“你要我拿打火机来剔牙缝啊！”

274. 上楼

两个爱显摆的司机在一起吹牛，司机老李“身经百战”“吹”技一流，小王明显处于下风，十分窝囊。

最后，只见小王憋得面红耳赤，半天吼出一句话：“不是跟你吹，只要有人住的地方，我就能把客人送到！”

话音还没落，一位在此路过的老大爷紧紧地握住他的手：

“太好了,小伙子,你开车送我回家吧,我们那电梯坏了,二十一楼啊,我这把老骨头可爬不上去喽!”

275. 讨价还价

有个顾客要给母亲买一个血压计作生日礼物,但觉得价格有点贵,便和老板讨价还价起来,可精明的老板寸步不让。

老板说他:“送老人的东西哪能专挑便宜的买?送这样的礼就是送孝心啊!”

顾客摇摇头:“送孝心不错,但是如果按这个价买回去,他老人家知道的话,血压就降不下来了!”

276. 妙计

法官:我无论如何也无法相信,像你这样一位体面稳重的男子,竟会动手打你妻子那样一个娇小脆弱的女人。

约翰:可是她骂我、折磨我,使我完全失去理性。

法官:她说了些什么?

约翰:她喊着:“来吧,打我吧!我不怕。来呀,来呀,只要碰我一下,我就把你带到那个秃头的老傻瓜法官那里去。”

法官:本案撤销!

277. 天气预报

县电台处理听众来信，只见有封信这样写道："你们的节目都比较好，就是《天气预报》播送得不及时，每天在节目的最后都要说一句'天气预报播送晚了'。俺是个农民，天气变化对俺们收种非常重要。既然晚了还要播送，这不是欺骗俺们吗？"

编辑忙找到播音员，说："你以后把'天气预报播送完了'改成'天气预报播送结束'吧。"

278. 总是不好

一个老板到办公室巡视，看见员工的办公桌上堆满了文件，就不满地说："我希望你们的思想不要像你们的办公桌那样乱七八糟的。"

几天后，老板又到办公室巡视，他见员工们的办公桌收拾得十分整洁，就又不满地说："我更不希望你们的脑袋像你们的办公桌那样空荡荡的！"

279. 和你一起入睡

有位女士老爱搞笑，这天她心血来潮，把玩笑开到了上司那里。

女士：我和你一起睡过觉，如果你给我买一辆汽车，一套房子，我就不把这事儿说出去。

上司：对不起，我不记得有这样的事，我们什么时候在一起过？

女士：去年我们不是一起去开过一个工作会议吗？报告听到一半，你睡着了，我也睡着了！

280. 我不是逃兵

一位先生去一家大公司应聘，主管人员从他的申请材料中发现，他以前无论在哪一个单位干，最后总是被开除的。

“先生，”主管人员为难地说，“您有不止一次被单位开除的经历，这可不是什么好事情。”

“可是，”这位先生指着申请表强辩说，“要知道，我至少不是一个逃兵啊！”

281. 关系紧张

负责招聘的经理对他的新雇员说：“这份表格你填得不错。就是有一点，你在填和太太的‘关系’一栏时应该填‘妻子’，而不该填‘紧张’。”

282. 卖豆腐

一个人靠卖豆腐发财了，大家都问他赚钱的秘诀，他自豪地说：“做豆腐要有窍门，做硬了卖豆腐干，做稀了卖豆腐花，太稀了卖豆浆，豆腐卖不动了放几天卖臭豆腐，还卖不动，就放坏了卖腐乳。”

283. 专业顾问

有个财务顾问拿到新印的名片，一看气坏了，抓起电话就向印名片的部门抗议：“怎么搞的？我的头衔是‘专业顾问’，不是‘专业顾门’，少了一个‘口’，立即更正！”

第二天，他收到了更正的名片，上面的职务头衔赫然印着“专业顾门口”的字样。

284. 还好

琼斯太太家的水管坏了，她赶忙打电话给家政服务公司，请他们派人来维修，可是等了半天还没见人影。

琼斯太太只好再次拨通了电话：“家政服务公司吗？你们怎么还没有来啊？”

对方很有礼貌地说：“哦，太太别急，我们的人马上就到。您那边现在情况怎么样了？”

琼斯太太没好气地说：“还行吧。在等你们的时候，孩子们都学会游泳了。”

285. 卖花生

南货店老板看见三个人来买东西，就问第一个人："你要买什么？"

第一个人说："我要一包花生。"老板就搬来了梯子，爬到货架顶部，拿了一包花生，走下来递给了他。

老板又问第二个人："你要买什么？"

第二个人也说要一包花生，老板就埋怨他怎么不早说，但还是又搬来了梯子，爬到货架顶部去拿。

老板站在梯子上拿过一包花生，赶紧问第三个人："你也是要一包花生吗？"

第三个人说"不是"，于是老板就拿了一包花生走了下来……

老板把花生给了第二个人，他把梯子收好，然后问第三个人："那你要什么？"

第三个人说："我要两包花生。"

286. 新词

总经理在会上随意讲了几句，爱吹捧的科长就要求大家讨论，还强调说："不能说'深受启发'、'极受鼓舞'这样的老套话，要用新的观念去理解局长的指示。"

王二站起来说："听了总经理的指示，腰不酸了，背不疼了,腿也不抽筋了,走路也有劲了。这指示,还真管用!”

287. 沾点光

宣传科干事小李经常向外投稿,科长沽名钓誉,每次都要想方设法在小李的稿子上署上自己的大名。

有一次,小李又要寄稿了,科长说:“怎么,不想让我沾点光啦?”

小李连忙辩解:“这次是一篇散文。”“散文怎么啦?”他也没看文章,一定要小李署上名字。

等文章发表出来一看,科长顿时叫苦不迭:那篇文章的题目是《怀念亡妻》……

288. 炊事团长

敌军的侦察部队遭到了游击队的伏击,指挥官独自逃了回去,他怕上司责怪,就信口开河:“报告军座,我们遭遇了敌人的主力,几乎全军覆没。”

敌军长大发雷霆:“胡说,这里怎么会有敌人的主力呢?”

指挥官信誓旦旦地说:“绝对是真的,我还亲手打死了他们的一个炊事团长呢!”

“什么,他们做饭的级别这么高?”

“是呀,做饭的都有一个团,你想他们该有多少人呀!”

289. 婚前婚后

办公室里的几个小青年问一个已婚少妇："婚前婚后你爱人对你的感情有什么不同？"

少妇笑了笑，答道："就像他的工作一样。和他谈恋爱的时候，他在一家热处理公司工作；结婚时，他在一家保温瓶厂工作；等有了孩子，他就转到一家冷冻仓库去工作了。"

290. 都是行家

第二次世界大战结束后，两个退伍的通讯兵决定去一家公司求职。

录用前要经过一场严格的考试。于是他们约定，互相通报重要答案，方法是用铅笔"滴滴答答"地在桌子上敲出电报密码。

考试开始了，他们用这方法才敲了没几道题，就听见监考官也敲起桌子来了。

他们仔细一听，监考官敲的是：咱们原来是一支部队的，你俩玩的这套把戏该收场了。

291. 谁之过

法官：我担任这个地方的法官以来，已经在法庭上见过你七次了,难道你不觉得羞耻吗?

被告 :你不能升官,可不是我的过错。